火坂雅志

上杉かぶき衆

新装版

実業之日本社

実業之日本社文庫

目次

上杉かぶき衆

大ふへん者

前田慶次郎

一

質実剛健の家風で知られる上杉《うえすぎ》家のなかで、その男は、誰《だれ》がどう見ても浮いていた。

紫と白の片身替わりの色あざやかな小袖《こそで》に、墨染《すみぞ》めの革袴《かわばかま》。首には十字架《クルス》のついた金鎖をジャラジャラと下げている。

右手の中指に髑髏《どくろ》を浮き彫りにした金の指輪を嵌《は》め、象牙《ぞうげ》の長ギセルで、近ごろ京ではやりの煙草《たばこ》をふかしていた。

それが、十九や二十の若者ならまだしも、六十にもなる老人である。

もっとも、髪を南蛮人《なんばんじん》のような赤茶色に染めているため、一見しただけでは年齢がわからない。奇妙な男であった。

「旦那《だんな》はなにゆえ、あのような風変わりな者をお召し抱えになったのだッ」

義憤に満ちた口調で声高に言ったのは、宇佐美弥五左衛門《うさみやござえもん》である。

「いかに人手が足りぬとはいえ、家中の和を乱す渡り鳥のごとき輩《やから》を会津《あいづ》へ呼ばずともよかろうものを。しかも、あやつに一千石の禄《ろく》とはのう」

「聞こえますぞ、叔父上《おじうえ》」

山田新九郎《やまだしんくろう》が、いささか酒気をおびている叔父の袖を引いた。

会津若松城本丸の大台所には、宇佐美弥五左衛門と、その甥《おい》で二十歳《はたち》になったばかりの新九郎のほか、三、四人の侍がいるだけである。

春とはいえ、山に囲まれた会津の地はまだ寒く、みな大台所の囲炉裏《いろり》に暖をもとめて集まっている。ただ、その男だけは、人の輪からはずれ、真っ黒に煤《すす》けた柱に背をもたせかけていた。

「聞こえてもかまうものか。どうせ前田家を追い出され、食いぶちがなくなって旦那に泣きついてきたのだろう。いくさがはじまれば、あのような者、尻尾《しっぽ》を巻いて真っ先に逃げ出すにちがいない」

宇佐美弥五左衛門が豪放に笑った。

旦那――というのは、主君上杉景勝《かげかつ》のもと、執政《しっせい》として上杉家のまつりごとを一手に取り仕切る直江山城守兼続《なおえやましろのかみかねつぐ》のことである。陪臣《ばいしん》ではあるが、万石取りの大名たちにも一目置かれる利《き》け者で、人を見る目の肥えた太閤秀吉《たいこうひでよし》に、

「天下執柄《しっぺい》の器量人なり」

と言わしめるほどの人物だった。

その直江が、上杉家の会津移封にともなって新規に雇い入れたのが、上杉家にはおよそ不似合いな異風の男、

——前田慶次郎《まえだけいじろう》
である。

前田の名のとおり、加賀金沢の大名、前田利家《としいえ》の縁者にあたる。ただし、利家と反《そ》りが合わずに前田家を飛び出し、京で風流三昧《ざんまい》の暮らしを送っていたところを直江兼続に声をかけられた。

天下御免のかぶき者と言われる慶次郎については、新九郎もいろいろと型破りな噂《うわさ》を耳にしている。

（太閤さまの面前で、猿《さる》踊りをしたそうな……）

新九郎は、こちらを無視するようにそっぽを向いている慶次郎を、ちらっとうかがい見た。

それは、秀吉が聚楽第《じゅらくてい》の大広間に諸大名を集め、酒宴を催したときのことであったという。

山海の珍味を集めた豪勢な本膳《ほんぜん》料理がふるまわれ、宴もたけなわになったころ、末座のほうから一人の男があらわれた。猿の面をつけ、小袖を尻《しり》はしょりした芸人風の大男である。

背をかがめた男は、扇子を器用にあやつりながら猿踊りをはじめた。

それを見た大名たちは、

(これは……)

と声を失い、青ざめた。

秀吉の面相が猿に似ているという事実は、世に知らぬ者がない。猿面冠者《さるめんかじゃ》などと陰口をきく輩もいるほどである。

男は、それを揶揄《やゆ》するかのように、猿そっくりの仕草で面白《おもしろ》おかしくひらひらと舞っている。

(まずいことになろうぞ)

秀吉の怒りを予想し、誰もが腋《わき》の下に冷たい汗をかいた。

が、静まり返った一座の気まずい空気を破ったのは、ほかならぬ秀吉のはじけるような笑い声だった。

「何と、おかしき奴よ」

秀吉が腹を抱えて大笑いすると、調子に乗った男は、座につらなっていた宇喜多秀家《うきたひでいえ》の膝《ひざ》にひょいと腰かけ、相手の顔をおどけたようにうかがった。度肝を抜かれた秀家は、ただ茫然《ぼうぜん》としている。

猿面の男はさらに、徳川家康、伊達《だて》政宗、毛利輝元らの膝を次々とまわり、なぜか上杉景勝のところだけは素通りして、その隣の前田利家の膝の上にすわった。

利家の前に顔を突き出すや、猿面をはずし、

——ニッ

と笑った。

「きさまッ！」

利家は思わず、脇差《わきざし》の柄《つか》に手をかけた。自分の鼻先で人を食った笑みを浮かべていたのは、前田家で持てあまし者になっていた慶次郎だったのである。

「おのれは、わしに恥をかかせるかッ」

激情にかられ、いまにも慶次郎に斬《き》りかかりそうになった利家に、

「やめよ、大納言。殿中での闘諍《とうじょう》は法度《はっと》なるぞ」

上座から秀吉が声をかけた。

秀吉はかぶき者の慶次郎を気に入っており、いついかなる場所で人を驚かす珍奇な

振る舞いをしようと、咎《とが》めはなしという、

——かぶき御免

の赦《ゆる》しを与えていた。

これには利家も黙り込むしかなく、憮然《ぶぜん》とした表情でかしこまった。

（あの御仁《ごじん》が前田家を飛び出したのは、そんないきさつのせいなのか……）

突飛《とっぴ》な姿《なり》のよそ者を毛嫌いする叔父とはちがい、新九郎はその男に強い好奇心を抱いている。

衣装や行動が突飛なばかりでなく、前田慶次郎には風雅の心ばえがあった。

——一条関白兼冬《かねふゆ》、西園寺右大臣公朝《きんとも》方へ出入り、三条大納言公光に、源氏、伊勢物語、講釈聞かれ候《そうろう》。千宗易《せんのそうえき》（利休）に、茶道等御学びなされ候由《よし》。乱舞、猿楽も嗜《たしな》み、自身、能、笛、太鼓も勤め候由に候。

と、『上杉将士書上《うえすぎしょうしかきあげ》』はしるしている。

このほかにも、連歌《れんが》を当代一流の里村紹巴《さとむらじょうは》に習い、囲碁、将棋にも通じるという風流人であった。

九州攻めのさいには、『伊勢物語』を錦《にしき》の袋に入れ、南蛮胴の当世具足《とうせいぐそく》の腰にぶら下げて出陣している。もとめに応じ、悲恋の物語を人に語って聞かせたが、いざいくさとなれば、皆朱《かいしゅ》の槍《やり》をたずさえ、先陣をきって突っ込み勇猛果敢に暴れまわる。六尺《しゃく》を超える偉丈夫《いじょうぶ》であるため、その姿は戦場でもひときわ目立った。

そうした、慶次郎の武辺者《ぶへんもの》としての噂も聞いている新九郎は、

(ただの変わり者であるはずがない。でなければ、旦那ほどのお方がわざわざあの男を呼ぶものか)

と、心ひそかに思っていた。

叔父の宇佐美弥五左衛門も、天下に鳴り響く慶次郎の評判は知っているが、上杉家累代《るいだい》の家臣としての矜持《きょうじ》が、それをみとめることを許さないのだろう。

「だいたい、大武辺者《だいぶへんもの》などと旗差物《はたさしもの》に書くのは笑止《しょうし》だ」

弥五左衛門の声がいっそう高くなった。

「叔父上……」

と、新九郎がたしなめようとしたとき、柱にもたれていた前田慶次郎がぬっと立ち上がった。立っただけでおのずと威がただよい、迫力がある。

慶次郎はつかつかと大股《おおまた》で近づき、

「いま、何と申された」

宇佐美弥五左衛門を見下ろした。

「よそ者と話す義理はない」

「いま何と言ったのだとお尋ねしている」

「そこを退《の》けッ！　でかい図体《ずうたい》が目ざわりだ」

弥五左衛門が慶次郎を睨《にら》んだ。

宇佐美弥五左衛門も、上杉家きっての槍の名手である。武辺では、おさおさ人に劣るものではないと自負している。

「よりによって大武辺者とはのう、世の中には身のほど知らずな奴がいたものだ」

弥五左衛門は慶次郎にではなく、横にいる新九郎に向かって大声を張り上げた。

二人の猛者《もさ》のあいだに入った新九郎は、生きた心地がしなかった。

前田慶次郎が、

——大ふへん者
と、書いた旗差物を用いているのは、上杉家中なら誰でも知っている。弥五左衛門のみならず、その大げさに武威を誇示するかのような旗差物を、こころよく思わぬ者も多かった。

「大武辺者とは、それがしの旗差物に書かれた文字のことか」

意外にも、おだやかな口調で慶次郎が言った。

「おうさ。あのような旗差物、ほかに誰が使う」

弥五左衛門が苦々しい顔で吐き捨てた。

それを聞いた慶次郎は、彫りの深い顔をややゆがませて笑い、

「お手前は、どうやら誤解しておられるようだ」

「なにッ」

「旗差物をよくご覧になられよ。あれは大武辺者と読むのではない。大不便《ふべん》者と読むのじゃ」

「不便……」

「さよう」

慶次郎はうなずき、

「それがしは前田家を離れ、牢々《ろうろう》の暮らしが長かった。禄もなく、世話をしてくれる女房、子供もおらぬので、不便でならぬ。それゆえ、大不便者と書いたまでのこと。どうだ、得心がいったか」

「…………」

あっけにとられている弥五左衛門を残し、慶次郎は何ごともなかったかのように大台所を出ていった。

（やはり、おもしろい）

新九郎は叔父に隠れてくすりと笑った。

二

雪解けのころになると、上杉家では決まっておこなわれる行事がある。

家中の者たちは、

――消間遊山《けまゆさん》

と、それを呼んでいる。

早春のころ、山の斜面に雪は残っているものの、陽《ひ》当たりのよい場所では黒々と土がのぞいている。雪解けの冷たく清冽《せいれつ》な水が流れる川べりを溯《さかのぼ》り、その雪の消え間を見つけては、土の上にムシロをしいて座をしつらえる。

そこで、持参した弁当を広げ、瓢《ふくべ》の栓をあけて酒宴をもよおすのだ。沢のセリや雪間の蕗《ふき》の薹《とう》を摘み、鍋《なべ》に入れて春のほろ苦い味に舌鼓を打つ者もいる。

長く辛《つら》い冬に耐え、春を待つ心がひときわ強い雪国の大名家ならではの、風雅な習わしといえる。

上杉家が越後春日山《かすがやま》城にあったときからおこなわれていたものだが、この春、太閤秀吉の命によって突如、会津へ国替えとなったため、今年はのんびりと消間遊山を娯《たの》しんでいる暇もなかった。

（来年の春は、この会津で消間遊山ができるのだろうか……）

新九郎は残雪の磐梯山《ばんだいさん》を見て、ふと不安になった。

上方《かみがた》では、太閤秀吉が病《やまい》の床についていると聞いている。

このたびの上杉家の国替えは、

「天下簒奪《さんだつ》に野心を抱く関東の徳川家康、北の伊達政宗を牽制《けんせい》せんがため、奥州の要《かなめ》の会津の地に、わが上杉家を置いたのであろう」

と、家中のもっぱらの噂であった。

上杉家執政の直江兼続は、豊臣政権の奉行として辣腕《らつわん》をふるう石田三成《みつなり》と親しい。両者が話し合い、太閤亡きあとの布石を打ったのだとすれば、このたびの突然の国替えも納得がいく。

会津に入ってから、直江兼続は城の御殿の造作に手を入れるよりも、軍道の整備や橋の架け替えに力を入れている。前田慶次郎のような名のある牢人も、つぎつぎと雇い入れていた。

い。

（いくさが近いのか）

新九郎の胸は騒いだ。

上杉家には、叔父の宇佐美弥五左衛門をはじめ、先代謙信の時代から幾多の大いくさをくぐり抜けてきた猛者《もさ》が多いが、若い新九郎などはほとんど実戦を経験していない。

もし、太閤秀吉が死に、東国に兵乱が起きれば、

（おれも、戦場で槍を取って戦わねばならぬのだ……）

膝の裏あたりが、わけもなく薄ら寒くなった。

そのとき、同じ与板組《よいたぐみ》で中之間番頭《なかのまばんがしら》をつとめる松木平内《まつきへいない》が新九郎を呼びに来た。

与板組とは、かつて直江家の居城があった越後与板出身の、直江兼続の直臣団のことである。

「先ほどから、旦那がおまえを探しておられたぞ」

「旦那が？」

「火急の用があるそうだ。何か、お叱《しか》りを受けるような不始末でも仕出かしたか。旦那は、われら身内の与板衆にはことのほか厳しいお方だからのう」

「何もしておらぬ」

新九郎は色白の頰《ほお》を朱に染め、むきになって言い返した。

「されば、もっと上杉の家中らしゅう、武辺道を磨けと仰せかな」

力自慢で大兵肥満の平内が、線の細い小柄な新九郎をからかうような目つきで見た。

「おれは槍や刀は不得手《ふえて》だが、旦那はそれでいいと申されている。米銭の出入りを勘定したり、軍道や橋づくりの人足の差配をするのも、大事な武士のつとめ。算勘をもって、殿さまにお仕えしておる」

「あきんどでもあるまいに、刀槍《とうそう》よりも算盤《そろばん》が得意とはのう」

平内は大きな腹を揺すって笑い、堀端のほうへ去っていった。

新九郎は、ややむっとした気持ちを抱えたまま、会津若松城二ノ丸の直江兼続の屋敷におもむいた。

直江の妻お船《せん》は、主君景勝夫人のお菊御料人《きくごりょうにん》とともに伏見で暮らしている。女あるじがいないせいか、邸内は人気も少なく、がらんとしていた。

「お呼びとうかがいました」

「うむ」

直江は読んでいた『文選《もんぜん》』を閉じ、目を上げた。

直江兼続は好学の士である。その蔵書は八百五十冊におよび、宋版『史記』『漢書』『後漢書』など、貴重な書物を所有している。のちに日本最初の銅版活字で『文選』を刊行したのも、文武にひいでた直江の仕事であった。

「今年は国替えにまぎれて消間遊山ができなかったな」

ふと目を細めて直江が言った。

「そのほうら若い者どもは、さぞや不満に思っているであろう」

「さようなことはございませぬ。いざ、いくさとなれば、われらも消間遊山どころではございませぬゆえ」

「むきにならずともよい」

「は……」

「いくさがあろうと何があろうと、人は人だ。雪の消え間に春を見るよろこびを絶えさせてはならぬ。だが、筋だけはつらぬきとおさねば、のう」

「…………」

低くつぶやく直江の目は、肩に力を入れてかしこまっている新九郎ではなく、どこか遠くを見ていた。

が、すぐにいつもの厳しい執政の顔にもどると、

「そなたを呼んだのは、ほかでもない。組外御扶持方《くみほかおふちかた》（通称、組外衆）を存じておろ

う」

「このたび、新規にお召し抱えになった外方《とざま》の客将たちのことにございますな」

先日、城の大台所で会った異風の武将、前田慶次郎のことを頭に思い浮かべながら、新九郎は言った。

上杉家には、最上級士族の侍組のほか、

馬廻《うままわり》組（先代謙信以来の直臣団）

五十騎《ごじっき》組（上杉景勝直臣団）

与板組（直江兼続直臣団）

の三手組があるが、前田慶次郎のごとき他所《よそ》から来た客将は、そのいずれにも属していない。それゆえ、これを組外御扶持方と称している。

慶次郎のほかにも、組外御扶持方には、いずれも百戦錬磨の個性のきわ立って強い者どもが顔をそろえていた。

「そう、その組外御扶持方」

直江はうなずき、

「そなた、かの者どもの面倒をみよ」

「は……。それがしが組外の」

「そうだ」

「しかし、それがしには蔵方《くらかた》（勘定方）の役目が」

「蔵方には、ほかの者をまわす。組外の者どもと三手組のあいだに諍《いさか》いなど起きぬよう、しっかりとつとめよ」

直江の言葉は強く、それ以上、新九郎に有無を言わせぬ迫力があった。

「相つとめさせていただきます」

新九郎は頭を下げ、その役目を引き受けるしかなかった。

三

新九郎は、にわかに忙しくなった。

会津百二十万石の大封となり、大々的に諸国の牢人を集めている上杉家には、ほぼ毎日のように、仕官をもとめる侍が槍を抱えてやってくる。

新九郎の仕事は、正式に組外御扶持方への採用が決まった者たちの宿所、支度金などを手配し、彼らのこまごまとした暮らしの世話をすることであった。

それだけでも気骨の折れる仕事なのだが、新九郎のもとには、家中の者たちから新参の組外御扶持方への苦情が持ち込まれる。

やれ、

「馬の乗り方が不識庵《ふしきあん》(謙信)さま以来の作法にかなっていない」

であるとか、

「旗差物が自分と同じで困る」

とか、果ては、

「組外の輩が、うちの女房《かか》に夜這《よば》いをかけた」

と、血相を変えて怒鳴り込んでくる者もいた。

(なにゆえ旦那は、このような厄介《やっかい》な役目を自分に押しつけられたのか……)

新九郎は泣きたくなった。

他国者を雇い入れる以上、そこに軋轢《あつれき》が生じるのは当然なのだが、家中の者たちの不満が、組外御扶持方の責任者である直江兼続には向かわず、彼らの世話係を命じられた新九郎に向けられている。

(損な役回りだ)

こんなことなら、松木平内の言うとおり、武芸の腕を磨き、戦場で真っ先駆けて槍働きをしたほうがいい、とまで思いつめた。

そんな矢先――。

事件が起きた。

「えらいことになったぞ」

松木平内が、役宅にいた新九郎のもとへ駆け込んできた。

「侍組のお歴々が、前田慶次郎を成敗すると息巻いている」

「なぜ、そのようなことに」

ウコギ飯《めし》を食っていた新九郎は、動転して箸《はし》を取り落とした。

「慶次郎が、林泉寺《りんせんじ》の和尚を殴りつけたらしい」

「何と……」

顔から血の気が引いた。

――林泉寺
は、上杉家の菩提寺《ぼだいじ》である。

宗旨は曹洞宗《そうとうしゅう》。六世住持の天室光育《てんしつこういく》は、上杉謙信の学問の師でもあったという由緒ある寺である。

もとは春日山城下に七万五千坪の大伽藍《だいがらん》を構えていたが、上杉家の会津転封にともない、林泉寺もこれに従った。

寺領一千石を有し、執政の直江兼続でさえ、代々の住職には下馬して挨拶《あいさつ》するほど権威がある。

その林泉寺の和尚を、

（殴ったとは……）

新九郎はあわてて前田慶次郎の宿所へ駆けつけた。

宿所といっても、郭内と呼ばれる城下にはない。城から半里離れた慶山《けいざん》に、打ち捨てられていた古い庵《いおり》を手直しして住んでいる。

慶山は、低い赤松や山ツツジがまばらに生えているだけの岩山で、庵からは見晴らしがいい。近くには清らかな水が湧《わ》き出す泉があり、庵の裏手に若党、中間《ちゅうげん》、小者の住む急ごしらえの長屋と、こればかりは立派な間口四間《けん》（約七・三メートル）の厩《うまや》があった。

慶次郎は厩にいた。

上首《うわくび》が長く、尻がよく張った黒鹿毛《くろかげ》に、飼い葉をあたえている。よほど可愛《かわい》がっているのか、毛づやのいい馬の首をいとおしげに撫《な》で、ときには人に話しかけるように、その耳に何ごとかささやきかけていた。

「前田どの」

新九郎は、慶次郎に歩み寄った。

坂道を走ってきたので、さすがに息が切れている。

「おう、算盤勘定のうまい若造か」

顔を上げた慶次郎が、新九郎を見てニヤリとした。

「若造ではありませぬ。山田新九郎という名があります」

「どうせ、林泉寺の坊主にあやまれと言いに来たのであろう」

慶次郎はこちらの用件を、先刻承知のようであった。

新九郎は荒くなった息をととのえながら、いま来た道を気が気でないように振り返り、

「侍組の方々が、ひどく怒っているそうです。いまにも、ここへ殴り込みに来るやもしれませぬ」

「いくさなら望むところだ。いくらでも相手をしてやる」

「闘諍は困ります。それがしが旦那にお叱りを受けます」

「はは……」

と、慶次郎が喉《のど》をそらせて笑った。

「安心せい、直江どのに迷惑がかかるような真似《まね》はせぬ。せっかく来たのだ、茶でも

一杯飲んでいかぬか」

「茶どころではございませぬ。林泉寺の和尚に詫《わ》びを……」

「その必要はない。よいから、入れ」

慶次郎はすたすたと歩いて庵のなかへ入ってゆく。やむなく、新九郎もあとに従った。

上杉家から一千石もの知行を与えられたというのに、庵には長押《なげし》に掛けた皆朱の槍と茶道具のほか、めぼしい家財道具のたぐいは一切なかった。

ただし、その茶道具がただものではない。新九郎も春日山城時代に伊勢の御師《おし》から習って、多少は茶の心得があるのだが、

（茶釜は縮緬肌《ちりめんはだ》の天命釜《てんみょうがま》か。あの茶碗《ちゃわん》は、灰被天目《はいかつぎてんもく》ではないか……）

慶次郎がむぞうさに、湯柄杓《ゆびしゃく》で煮えたぎった湯をそそぎ入れた茶碗を見て、思わず息を呑《の》んだ。

茶を点《た》てる手さばきも、じつにあざやかである。

（さすがに、千利休から教えをうけただけのことはある）

新九郎は惚《ほ》れぼれと、手練の槍さばきのようにきびきびと茶筅《ちゃせん》を動かす慶次郎の手もとを見つめた。

（感心している場合ではない）

役目を思い出し、新九郎はことさら厳しい顔をつくった。

「なにゆえ、林泉寺の和尚に手を上げられた。ことと次第によっては、厳しい罰《ばつ》が下されましょうぞ」

「直江どのや景勝さまは、さような尻《けつ》の穴の小さい男ではない」

「尻の穴とは、ご無礼な」

「しかし、あれじゃな」

と、慶次郎は灰被天目の茶碗の茶を新九郎にすすめつつ、

「この上杉家は、殿さまと執政どのの器量は桁《けた》外れに大きいが、それ以外は肝の小さい者が多すぎる」

「無礼な……」

温厚な新九郎も、さすがに腹が立ってきた。

「なんの、無礼であるものか。あの林泉寺の和尚めが、上杉家菩提寺の権威を笠《かさ》に着て、いばり散らしておること、家中の者どもも腹のうちでは苦々しく思っているのであろう」

「それは……」

慶次郎の指摘は間違ってはいない。

当代の住職は、主君景勝の手厚い庇護《ひご》をいいことに、やや出すぎた口をきくきらいがあり、横柄で、みなに毛嫌いされていた。だが、林泉寺の権威は高く、おもて立って文句を言う者はいなかった。

「先日、家中の志賀与惣右衛門《しがよそうえもん》、栗生美濃守《くりおみののかみ》が、あの和尚の憎体《にくてい》な面《つら》を、一度でよいから殴りつけてやりたいものと、陰でこそこそ話をしておった。たまたま耳にしたわしは、奴らの願いをかなえてやらんものと、巡礼に身をやつして林泉寺へ押しかけたのよ」

巡礼の白装束に身をつつんだ慶次郎は、うまうまと林泉寺へ入り込み、京仕込みの素養で五言絶句の詩を作ってみせ、

——これは、久々に語るに足る客人を得た。

と、自分ほどの教養人はないと信じ込んでいた和尚の歓心をかったという。

「客殿のすみに碁盤があったでな、わしは和尚と碁を打った」

「それで、どうなされました？」

「ただ碁を打ってもつまらぬ。勝ったほうが負けたほうの鼻へ、しっぺいをする約束をした」

くだらぬ、と新九郎は思った。

しっぺいなどと言い出す慶次郎もどうかと思うが、それに応じる林泉寺の和尚も大人げがない。

一局目は和尚が勝ち、修行の身で人を痛めるのは申しわけないと言いわけしつつ、慶次郎の鼻を指で爪弾《つまはじ》きした。

「二局目はわしが勝った。和尚が遠慮なくしっぺいされよと申すでな、拳《こぶし》を握りしめ、思うざま憎体な面を殴ってやった」

「ああ……」

老いたりとはいえ、戦場で鍛えた慶次郎の膂力《りょりょく》は想像にあまりある。

「和尚め、口から泡を噴いて悶絶《もんぜつ》しおった」

慶次郎は愉快そうに笑った。

どうやら慶次郎は、最初から相手を罠《わな》に嵌《は》める気で、碁の勝負に誘ったらしい。

「遠慮せず、しっぺいせよと言ったのは和尚のほうだ。誰からも文句をつけられる筋合いはあるまい」

「はあ……」

殴ったのはやりすぎだが、慶次郎の行動は痛快だった。

（あのしたり顔の林泉寺の和尚を、正面から堂々と殴ったか……）

新九郎は胸がすくような思いがした。

「せっかくの茶が冷めてしまったではないか。仕方がない、とくべつにもう一服点《た》ててやろう」

ぶっきらぼうに言うと、慶次郎は今度は灰被天目ではなく、使い込んだ染付《そめつけ》の茶碗に、しずかに茶を点てはじめた。

四

林泉寺の和尚が騒ぎ立てなかったため、一件はそれ以上、おおごとにはならなかった。

その日を境に――。

新九郎は前田慶次郎の庵に足繁く出入りするようになった。

既成の権威をものとも思わぬ型破りの老将に、わけもなく心を魅《ひ》きつけられていた。

家中には、慶次郎に反感を持つ者がないでもないが、その言い分は筋がとおっており、どこか憎めないところがあった。

しかも、時代はささいな家中の騒動をも呑み込むほど、大きなうねりを見せはじめている。

慶長《けいちょう》三年（一五九八）八月十八日、太閤豊臣秀吉が伏見城で世を去った。あとに残された後継者の秀頼は、わずか六歳の幼さである。豊臣政権は、徳川家康、前田利家、宇喜多秀家、毛利輝元、上杉景勝の五大老、石田三成、長束正家《なつかまさいえ》、増田長盛《ましたながもり》、浅野長政、前田玄以《まえだげんい》の五奉行による合議制で運営されることになったが、その基盤はきわめて脆弱《ぜいじゃく》であった。

国元の会津に帰っていた上杉景勝、直江兼続は、ただちに上方へのぼった。

その年のうちに、早くも徳川家康が天下簒奪の野心をあらわにしはじめた。家康は、秀吉の遺命にそむいて、伊達、福島、蜂須賀《はちすか》ら諸大名との縁組をすすめ、公然と派閥づくりをおこなった。

禁令違反を糾弾する石田三成と、家康の対立が鮮明になり、上方に一触即発の不穏な空気がただよった。

事態がさらなる急展開をみせたのは、翌、慶長四年閏《うるう》三月三日、五大老の重鎮として政権内の和をはかっていた前田利家が病で世を去った直後のことである。

吏僚派《りりょうは》の石田三成に、かねてより恨みを抱いていた武功派の七将、加藤清正、黒田長政、浅野幸長《よしなが》、福島正則、池田輝政、細川忠興《ただおき》、加藤嘉明《よしあき》が、打倒三成を合言葉に蜂起《ほうき》。追いつめられた三成は、政敵の徳川家康に助けをもとめるという奇策に出て、かろうじて難をのがれた。

しかし、この事件で三成は失脚、居城の近江佐和山《さわやま》城へ蟄居《ちっきょ》した。代わって、家康が家臣団をひきいて伏見城入りし、実質的な政務の独裁権を握る。

世は、家康を中心に動きはじめている。

その激動の渦《うず》のただなかにいる上方の上杉景勝、直江兼続と離れ、前田慶次郎は会津にいた。

「みちのくのブナ森は美しいのう」

黒鹿毛の馬上から新緑に輝く山並みを眺め、慶次郎が言った。

「翡結《ひすい》色の葉のそよぎを見つめていると、胸の奥まで爽涼《そうりょう》の気に染まるようだ」

「雪国は、長く辛い冬を耐え忍ばねばなりませぬが、芽吹きのころ、若葉の萌《も》え立つ季節の喜びもひとしお深うございます」

山田新九郎は、慶次郎の供をして馬を走らせ、猪苗代《いなわしろ》湖に近い背炙《せあぶり》山まで遠駆けしている。

会津の深い雪のなかで一冬を過ごし、新九郎は慶次郎という男にますます魅了されるようになっていた。

「この眺めを馳走《ちそう》に、一杯やるか」

慶次郎が腰にくくりつけてきた瓢簞《ひょうたん》をたたき、巨軀《きょく》を躍らせて馬から飛び下りた。

新九郎も地に下り立つと、馬の手綱を近くにあったトチの木に結びつけた。

二人の男は、山肌をおおう草の上にあぐらをかいた。

慶次郎は瓢簞の栓を抜き、持参してきた塗りの杯にとくとくと酒をそそいだ。

「呑め」

「はい」

新九郎は一息に杯の酒を呑んだ。

「おお、みごと」

慶次郎が目を細めた。

上杉家では酒を愛した先代謙信以来、人との交わりには酒が欠かせない。酒を酌み交わしてはじめて胸襟《きょうきん》をひらき、仲間としてみとめる気風があり、新九郎のような若者でも、いっぱしに酒をたしなんでいた。

慶次郎も、

――斗酒《としゅ》なお辞せず。

という酒豪である。

さまざまな騒動を起こしても、その存在がしだいに家中に馴染《なじ》んできているのは、酒の効用であるかもしれない。

「前田利家さまがお亡くなりになったそうにございますな」

「ふむ」

「ご葬儀に列せられずとも、よろしかったのでございますか」

「わしは前田家を飛び出た者よ。いまさら、何のかかわりがあろう」

慶次郎は無表情に、杯をあおった。

「加賀には、慶次郎どののお身内がおられるのでは」

前田家には慶次郎が置き去りにしてきた妻子がいると、新九郎は聞いたことがある。

慶次郎は、前田利家の次兄安勝《やすかつ》の娘を妻にしており、慶次郎出奔《しゅっぽん》後、残された家族は加賀金沢の地でひっそりと暮らしていた。

「忘れた」

「さりながら、お身内の方々は寂しく思っておいでなのでは」

「忘れたものは、忘れた。加賀を出たときから、わしは天涯孤独だ」

慶次郎はそれ以上、家族の話を持ち出されるのを嫌っているふうだった。風に流された雲で陽がかげり、ブナの木立がさわさわと揺れた。

黙り込んでしまった慶次郎を見て、

「以前からひとつ、お聞きしたかったことがございます」

と、新九郎は話題を変えた。

「故太閤殿下の御前で、慶次郎どのが猿踊りをされたとき」

「おお、あの聚楽第の座興か」

「慶次郎どのは、宇喜多秀家さま、徳川家康さま、前田利家さまら、お歴々の膝に腰かけ、おからかいなさったとか」

「みな、腹の底ではそれぞれ思惑を抱えながら、太閤の前ではいとも神妙げな顔つきをしておったでのう。ちと、悪戯《いたずら》をしてやった」

慶次郎が笑った。

「その折、慶次郎どのは、わが殿の前だけは素通りされたとか。何か、理由あってのことでしょうか」

「まことの漢《おとこ》を相手に、くだらぬ悪ふざけができるかよ」

「漢……」

「そうだ」

慶次郎はうなずいた。

「わしは生涯のうちに、さまざまな人間を見てきた。わが実家筋の滝川一益《かずます》、叔父の利家、本能寺に倒れた織田右府《うふ》(信長)、天下をつかんだ太閤秀吉とな……。だが、そのうちの誰一人として、まことの漢ではなかった。それに比べ、景勝さまは口べただが、腹がすわっておいでだ。義のこころざしを持っておられる。わしは、景勝さまが好きだ」

「さようでございましたか」

新九郎は嬉《うれ》しくなった。

慶次郎はただの気まぐれで上杉家へやって来たのだと思っていたが、どうやら心底、景勝に惚れているらしい。いや、慶次郎が惚れているのは、上杉謙信以来、景勝、直江兼続の主従に受け継がれている義の精神であるようだ。

「慶次郎どののかぶきぶりは、故織田右府さまに似ていると言う者もござりますが」

新九郎が言うと、

「ばかを言え」

慶次郎は鼻先で笑った。

「信長のかぶきは、まがいもののかぶきよ。まことのかぶき者は、人の頭を押さえつける権威に逆らい、たとえ世からはぐれようとも、もののふの一分をつらぬいて戦う意地を持った者でなければならぬ。信長は、どうだ。なりだけはかぶいていたかもしれぬが、権力の亡者となり、罪なき女、子供、僧侶《そうりょ》らを、老若男女の別なく殺戮《さつりく》し、あげくの果てに家臣に牙《きば》を剝《む》かれて哀れな死を遂げた。是非もなしじゃ」

慶次郎の言葉には、烈《はげ》しい感情がこもっていた。

それも道理である。

慶次郎の養父前田利久《としひさ》は、尾張荒子《あらこ》城の城主であったが、子がなかったため、弟安勝の娘を養女とし、滝川一益の甥だった慶次郎を婿《むこ》に迎えて前田家を継がせようとした。

しかし、槍の又左の異名で知られた利久の四弟、利家を気に入っていた信長は、利久、慶次郎父子を追い出し、荒子城に側近の利家を入れた。

以来、慶次郎は養父利久と妻を抱え、実家の滝川一益を頼るなど、苦労を重ねることになる。

ようやく前田家へもどったのは、天正《てんしょう》十年（一五八二）、信長が京本能寺で横死してからだった。

すなわち、信長は慶次郎の仇《かたき》にもひとしい存在だった。

「信長は利ばかりを追いかけた。利をぶら下げて人をあやつり、おこがましくも天下を盗《と》ろうとした。だが、そのような男に天は味方せぬ。人と人の信義を重んじぬ世の中は間違っておる」

慶次郎は吐くように叫んだ。

ふたたび、雲の切れ間から陽がのぞき、ブナ森が生き生きと輝いた。

「この先、何があろうと、景勝さま、直江どのは信義を守り、筋目をとおすであろう。わしは槍をたずさえ、上杉家と運命をともにするまで」

「私にも、槍をご教授下さい」

新九郎は、爽涼とした山風に赤茶色の髪をなびかせる慶次郎の横顔を見つめた。

慶次郎の口もとが、ふとほころびた気がした。

五

八月――。
上杉景勝、直江兼続の主従が、会津へ引き揚げてきた。領国経営に専念するという名目だが、じっさいのところは徳川家康との対決を想定し、さらなる兵力増強をはかって合戦準備をととのえる意図があった。

景勝の会津入りを契機に、父利家の跡を継いだ前田利長《としなが》、毛利輝元、宇喜多秀家の家康をのぞく大老衆も、相次いで帰国の途についている。

ひとり上方に残った家康は、秀頼を補佐するためと称し、伏見城を出て大坂城へ入城。西ノ丸に天守閣を築造した。

これにより、秀頼のいる本丸の天守と、家康のいる西ノ丸の天守が、同じ城内に並び立つという異常な事態となった。

徳川方は、さらなる策謀を仕かけた。

「前田利長が、内府《だいふ》（家康）さま暗殺のはかりごとをめぐらした」

と一方的にきめつけ、討伐も辞さずとの姿勢をみせた。

むろん、そのような事実はどこにもない。利長の立場を追いつめることで、

（前田にどれほどの覚悟があるか……）

と、相手の出方をうかがったのである。

家督を継いだばかりの利長は、家康の強引なやり方に内心、苦々しいものを抱いていたが、謀叛《むほん》の疑いありと脅しつけられるや、にわかに腰砕けになり、あわてふためいて重臣の横山長知《ながとも》を大坂城へ釈明に向かわせた。

家康の圧力に屈した前田家は、討伐をまぬかれる条件として、先代利家夫人の芳春《ほうしゅん》院《いん》を人質に差し出した。

これにより、反家康で足並みをそろえていた四人の大老の一角が崩れ、政局はいっそう徳川有利に傾いた。

前田家の変節を聞いても、慶次郎は何も言わない。

ただ、

「わしは利家という男と反りが合わなかったが、あれはあれで、戦国の余燼《よじん》を残した奴であったかもしれぬのう」

新九郎相手に、老いの孤独をたたえた横顔でつぶやいた。

年が明けて、慶長五年になった。会津は深い雪のなかに埋もれている。

正月早々、大坂城の家康から上杉家に使者が来た。

「領内の仕置にも目処《めど》がついたであろう。一日も早く、上洛《じょうらく》するように」

と、景勝の早期の再上洛をうながすものだった。

家康の腹のうちは見えている。

「前田はすでに屈服した。上杉家も悪あがきせずにわが軍門に降《くだ》り、臣下の礼をとるがよい」

と、無言の圧力をかけている。
上杉景勝、直江兼続の主従は、この家康の上洛要請を無視した。理不尽な脅しに屈しては、武門の名折れになるからである。
直江兼続は、会津移封後に雇い入れた組外御扶持方二十六人の頭《かしら》に、
前田慶次郎
車丹波《くるまたんば》
堀兵庫《ほりひょうご》
を指名した。いずれも実戦経験豊富で、度胸のすわった一騎当千のつわものである。
「腕が鳴るのう」
慶山の庵の囲炉裏端《ばた》で、慶次郎は喜々とした表情で言った。
この庵も、雪解けを待って取り壊されることになっている。執政の直江兼続は、雪解けとともに、会津若松から北西一里の神指原《こうざしはら》に、要害堅固な新城を築くことを決定。その石垣用として、慶山の石が切り出されることになったのだった。
この新城の築城は、上杉家が私的におこなったものではない。豊臣政権は、畿内の大坂城を中心に、
西国の広島城（毛利家）

東国の神指城（上杉家）によって、全国支配をゆるぎないものにしたいという意向を持っていた。すなわち、神指築城は、秀吉の遺志に基づくものだった。

「どうした、新九郎。いくさが楽しみではないのか。おぬしの槍の腕も、だいぶ上がってきたようだ」

降りしきる雪のなかをついて、庵をたずねてきた新九郎に燗酒《かんざけ》をすすめながら、慶次郎は言った。

「あの……」

と、新九郎は目を上げた。

「その金沢から、慶次郎どのに客人がおみえになっておられます」

「わしに客だと？」

「花咲き匂《にお》うような、若く美しい女人《にょにん》にございます」

新九郎は色白の頬を、かすかに赤く染めた。

「そのような女に知り合いはない。何かの間違いであろう」

「佐乃《さの》どの、と申されました」

「佐乃……」

慶次郎が、にわかに酔いの醒《さ》めたような表情になった。

「その女は、いずこにいる」

「この雪のなか、おなごの足で慶山に登ることは無理と思いましたゆえ、城の大手門の詰め所でお待たせしております。お知り合いなれば、雪の晴れ間にそれがしが連れてまいりますが」

「その必要はない」

慶次郎はにべもなく言った。

「しかし……」

「知らぬ女だ。とっとと追い返せ」

「遠路はるばる、加賀からたずねてまいられたのです。哀れではありませぬか」

「哀れも何も、赤の他人に会う義理はあるまい」

「それはそうですが……」

新九郎が口ごもったとき、立てつけの悪い庵の板戸がカタカタとかすかな音をたてて開いた。

雪まじりの冷たい風とともに、小袖の上に雪蓑《ゆきみの》をつけたすらりと背の高い女が庵に入ってきた。

雪蓑をはずした女は、

「父上ッ」

とほとばしるように叫び、光の勁《つよ》い黒目がちの目で慶次郎を睨むように見た。

六

前田慶次郎には、加賀に残してきた妻とのあいだに三女がいる。長女が坂《さか》、次女が華《はな》、そして三女が佐乃である。

長女の華は、武蔵鉢形城《はちがたじょう》主北条氏邦《うじくに》の息子で鉢形落城後に前田家臣となった北条采女《うねめ》のもとへ嫁いでおり、慶次郎出奔ののち、まだ十歳と八歳だった次女の華と末娘の佐乃は、母とともに、母の父の前田安勝のもとに引き取られていた。

「大きゅうなったたな」

慶次郎は、見違えるように成長した娘の佐乃から目をそむけるようにして言った。

佐乃は顎《あご》の形がほっそりと美しく、いかにも気の強そうなきりりとした口もとをしている。父ゆずりなのか、骨格がしっかりしており、凜《りん》と背筋を伸ばした姿に白百合《しらゆり》のような気品があった。

「そなたも、はや二十歳《はたち》か。親はなくとも、子が育つとはよく言ったものだ」

「父上は卑怯《ひきょう》です」

佐乃が険しい視線を慶次郎に向けた。

「父上が前田家を飛び出してから、残されたわたくしたちが、どれほど辛い目に遭《あ》ってきたか……。わがまま放題に生きる父上には、おわかりになりますまい」

「辛い目に遭わせたおぼえはない。そなたたちのことは、安勝どのに頼みおいてきたはずだ」

慶次郎は憮然《ぶぜん》とした表情で言い、

「わが名跡と、わしが領していた五千石のうち二千石も、一族の安太夫正虎《やすだゆうまさとら》が継いだと聞いている。安太夫が、そなたたちの後ろ盾になったであろう」

「安太夫どのは、冷とうございました。一度名跡を継いでしまえば、わたくしたちなど厄介者《やっかいもの》なのでありましょう」

「…………」

「わたくしたちは、母上の実家を頼るしかありませんでした。しかし、その実家も、お祖父《じい》さまが隠居し、家督はすでに次の代に移っております。屋敷の離れで、わたくしたちは肩身狭く暮らし、食べていくために裁縫《さいほう》などの賃仕事もいたしました」

「知らなかった」

慶次郎は、囲炉裏の火を見つめながら、絞るように言葉を吐き出した。顔に彫り刻まれた皺《しわ》の翳《かげ》が、濃く深かった。

はたで、父娘の会話に息をつめて耳を傾けている新九郎は、

（このような慶次郎どのは見たことがない……）

いつも大空を翔《か》ける鷲《わし》のごとく悠々《ゆうゆう》と生き、反骨の戦いをつづけてきた慶次郎の、隠された素顔をそこに見る思いがした。

「知らなかったのではございますまい。知ろうとなさらなかったのです」

佐乃は、さらに語気烈しく詰め寄った。

「父上はそうして、捨ててきたものから目をそむけ、天下のかぶき者よなどともてはやされて、いい気になっておられたのです。母上と、わたくしたち姉妹の心を踏みにじって……」

「それは、ちがう」

「どこがちがうと申されるのです」

「男には、男としての生き方がある」

慶次郎の声がいつになく弱い。

佐乃は瞳《ひとみ》を刃物のように冷たく光らせ、

「お華姉上には、以前から思い合っていた家中の方がおりました。その方との縁組がまとまりかけていた矢先、突然、向こうから破談にしたいと言ってきたのです」

「なぜだ」

「父上のせいです」

「わしの……」

「そうです。お華どのの父は、前田家の家名に泥《どろ》を塗り、このたびは徳川さまに逆らって世に波風を起こそうとしている上杉家へ走った。そのような不忠の父を持つおなごは、当家の嫁にはできぬ。よって、この縁はなかったことにしたいと」

「無体《むたい》な言い分じゃな。お華は、変わり者のわしの種とも思えぬ、気立てのやさしい娘だ。さようなくだらぬ理由で縁談を断るなら、その男はもともと、お華を幸せにできる器ではなかったということよ」

「姉上は泣いておられます」

なじるように佐乃は言った。

「姉上もわたくしも、父上を深くお怨《うら》み申しております」

「わしにどうせよというのだ」

慶次郎は、粗朶《そだ》を折って囲炉裏に投げ込んだ。

「会津を去り、金沢へおもどり下さいませ」

「烏許《おこ》なことを……」

「わたくしは本気です。父上さえ前田家におもどりになれば、お華姉上の縁組も元にもどるかもしれませぬ」

「一度壊れたものは元にはもどらぬ」

双眸《そうぼう》に悲哀を秘め、乾いた声で慶次郎は言った。

しばらく押し黙ってから、

「そなた、西行《さいぎょう》法師という歌詠《よ》みを知っておるか」

「存じております」

「西行は俗世にあったときの名を佐藤義清《のりきよ》といった。鳥羽院《とばいん》の北面《ほくめん》の武士という華やかな武官の顕職をつとめ、富裕な家柄の者であった。心に何の憂いとてなく、妻も子もあったが、二十三歳の若さで突如出家し、和歌を詠み歩いて諸国をさすらう世捨て人となった。わしも西行と同じだ」

慶次郎は遠い目をし、

「人はつまらぬ俗世間のしがらみに気をつかい、生きることを楽しまぬまま、命を磨《す》り減らしていく。それでは、この世に生を享けた意味がない。西行は二十三歳で出家したが、わしは齢《よわい》五十まで俗世との付き合いに耐えた。もうそろそろこれでよかろうと思いきり、前田家を出た。あの日からわしは、好きなことだけやり、どこで野垂れ死にしても結構、人生をとことん楽しんでくれようと思い定めた。おまえたちにとっては、わがまま勝手に見えるかもしれぬが、これがわしという男よ」

「わかりませぬ」

佐乃がかぶりを振った。

「やはり、父上は逃げておられるだけです」

下唇を嚙《か》みしめるや、佐乃は立ち上がり、雪蓑もつけずに庵を飛び出していった。

相変わらず、外は雪が舞っている。

「雪の道は迷いまする。それがしが連れもどします」

新九郎は慶次郎に一礼すると、菅笠《すげがさ》をかぶり、佐乃のあとを追いかけた。

七

二月になると、神指《こうざし》築城がはじまった。

普請《ふしん》奉行は直江兼続である。

それを補佐する小奉行に、大国実頼《おおくにさねより》、甘糟景継《あまかすかげつな》、山田喜右衛門《きえもん》（新九郎の父）の三名。材木奉行には満願寺仙右衛門《まんがんじせんえもん》が任じられた。

城の縄張は、直江みずからがおこなった。本丸は高石垣をそなえ、まわりに幅二十二間《けん》（約四十メートル）の広い水濠《みずぼり》をぐるりとめぐらしている。さらにその周囲に、同様の石垣と水濠を有する二ノ丸を築く、いわゆる輪郭《りんかく》式の城郭である。

高石垣に広い水濠をそなえた輪郭式は、当時最先端の縄張で、鉄砲などの火器の攻撃に強い構えであった。

会津はもとより、上杉領の佐渡、庄内《しょうない》からも普請の人足が招集された。その数、十二万人。

工事は昼夜を分かたず、突貫作業でおこなわれた。現場を照らす提灯《ちょうちん》の明かりが、はるか会津若松城下からも遠望された。

石垣の石は二里離れた慶山から伐《き》り出され、沿道にずらりと並んだ人足や農民が手渡しで本丸まで運んだ。

神指築城の一方、上杉家は、勢至堂《せいしどう》峠、諏訪《すわ》峠、馬入《ばにゅう》峠、安藤峠といった会津へ入る諸道の要所に、防御のための防塁を築いた。

日一日と、合戦の機運が高まっている。

前田慶次郎の娘佐乃は、会津を去らなかった。

父を金沢へ連れ帰ることをあきらめていないのか、城下にとどまって、慶山から会津若松の興徳寺《こうとくじ》門前に引き移った慶次郎の屋敷に居すわっている。

娘と顔を合わせるのが嫌なのか、慶次郎は神指築城の現場で石運びに汗を流し、めったに屋敷には帰らなかった。

それでも、炊き出しの女たちにまじって佐乃が普請現場へ押しかけてくると、慶次郎は手すさびに彫った俊寛《しゅんかん》の能面をかぶり、長身をかがめてどこかへ逃げていく。

そのさまを、上杉家の者たちは、

「人を人とも思わぬ慶次郎も、おのが娘には弱いか」

と、指をさしておもしろがった。

あるとき、直江兼続がそんな慶次郎のようすを気に留めて、

「前田家から娘御が来ているようだが、慶次郎どのは大丈夫か」

新九郎に聞いた。

「だいぶ、お困りになっておられるようです」

「そうか」

直江は高石垣を見上げて目を細め、

「ここはじきに、戦場になる。一日も早く金沢へ帰られるよう、そなたからも娘御に忠告せよ」

「いよいよ、徳川が攻めてくるのでございますか」

「うむ」

「勝てましょうか」

「勝算なくして、いくさはせぬ」

直江はきっぱりと言い切った。

四月中旬――。

大坂城の徳川家康から、上杉家へ詰問状が届いた。

「会津若松城の近郊に新たに城を築き、軍道を開削し、武具を狩り集めておるとの風聞、不審に思っている。ただちに起請文《きしょうもん》をしたため、上洛して弁明せよ」

すでに上杉家では、前田家のごとく安易な妥協はせず、武門の意地をつらぬく方針を固めている。

家康の詰問状に対し、直江兼続は、

「上洛して起請文を差し出さねば、不義の謀叛人であるがごとき決めつけ方ですが、太閤殿下の遺命にそむく掟破《おきてやぶ》りの謀叛人は、むしろそちらのほうではございませぬか」

と、挑戦的な返答をたたきつけた。

この直江の返書が大坂に届いたのは、五月三日。

書状に目をとおした家康は、上杉征伐を決意。ただちに出陣の陣触れを発した。

家康は息子秀忠とともに西国大名を従えて白河口から、常陸《ひたち》の佐竹義宣《さたけよしのぶ》は仙道《せんどう》口から、奥州岩出山《いわでやま》の伊達政宗は信夫《しのぶ》口から、出羽山形の最上義光《もがみよしあき》は米沢口から、加賀の前田利長、越後の堀秀治《ひではる》は津川《つがわ》口から、それぞれ会津へ侵攻することが取り決められた。

上方からの知らせを聞くなり、

「大変なことになりましたな」

新九郎は、興徳寺門前の慶次郎の屋敷に駆け込んだ。

佐乃は城下の行仁町《ぎょうにんまち》に、五郎兵衛飴《ごろべえあめ》を買いもとめに行っているとかで、ちょうど不在であった。

餅米《もちごめ》と麦芽で作られた五郎兵衛飴は、兵糧にも使われ、慶次郎の好物である。怨んでいると口では言っても、佐乃にとってやはり、父は父であるのかもしれない。

新九郎の口から、徳川方の陣容を聞いた慶次郎は、

「あわてるほどのことはない」

落ち着き払って言った。

「しょせん、敵は寄せ集めだ。一枚岩ではない。仙道の佐竹は、佐和山の石田三成とは昵懇《じっこん》の仲。むしろわれらの味方と言っていい。上杉軍と意を通じて、家康の背後を襲うことになろう」

上方での暮らしが長い慶次郎は、諸大名の多くと面識がある。相手の手のうち、性格までよく知っている。

「それに最上とて、みずから攻めてくるほどの意気地はない。一暴れしようと手ぐすね引いているのは、伊達政宗くらいのものだろう。その伊達とて、戦況しだいでは徳川を裏切り、われらと手を結ぶやもしれぬ。そういう男だ」

「ご一族の前田利長どのもやってきますな」

「あやつは来ぬ」

慶次郎は言い捨てた。

「能登七尾《ななお》城をあずかっている利長の弟、利政《としまさ》がなかなか気骨のある人物でな。根っからの豊臣びいきだ。利長が出陣すると言っても、利政がそれを止めるはずだ。へた

をすれば、前田家は兄弟喧嘩《げんか》になって、真っ二つに割れかねぬ」

「そのような事情がございましたか」

「それゆえ、われらは真っ向から徳川本隊を迎え撃てばよい。決戦場は、ここだな」

地図を取り出した慶次郎は、ある一点を指さした。

「白河でございますか」

「そうだ。かつて、白河ノ関も置かれた、奥州の関門よ。地の利を生かし、白河で敵を待ち受け殲滅《せんめつ》する。直江どのも同じ考えだと言っていた」

「組外御扶持方は、与板組とともに旦那の指揮下に属して戦うと聞いております」

「おまえの槍の上達ぶりが、目の前で拝めるというわけか」

「それがしも」

と、新九郎は目を輝かせた。

「慶次郎どののいくさぶりが、いまから楽しみでございます。存分に暴れまわりましょうぞ」

「そうじゃな」

慶次郎は片頬をゆがめ、なぜかやや照れたように笑った。

八

徳川家康が大坂を発したという知らせが届くなか——。

上杉軍も臨戦態勢をととのえつつあった。神指築城はいったん中止され、慶次郎が決戦場になると言った白河周辺の革籠原《かわごはら》に、奥州街道を分断するように東西一里にわたって長大な防塁が築かれた。

防塁には、出撃のための桝型《ますがた》の門がもうけられ、さらに物見台、陣屋、背後の小丸山に詰めの砦《とりで》を配備した。

奥州街道をすすんでくる徳川軍先鋒《せんぽう》を革籠原に引き入れ、これに防塁や周囲の山から銃撃を加え、北西の低湿地に追いつめたのち、一気に川の堰《せき》を切って敵を殲滅する作戦である。

「勝てるぞ」

防塁から革籠原を眺め下ろして慶次郎が言った。

そのとき、騒動が起きた。

新九郎の叔父宇佐美弥五左衛門、水野藤兵衛《とうべえ》、韮塚理右衛門《にらつかりえもん》、藤田森右衛門《ふじたもりえもん》の、家

中でも槍の名手として知られた四名が、慶次郎が皆朱の槍をたずさえていることを不服とし、

「古来、皆朱の槍と玳瑁《たいまい》の槍は、武辺すぐれた者だけに許されるものなり。われらを差しおき、上杉家で何の武功もない前田慶次郎がこれを用いるのは、断じてみとめられぬ」

と、文句をつけた。戦いを間近にひかえ、男たちは殺気立っている。

慶次郎の皆朱の槍は、前田家伝来のものだった。宇佐美弥五左衛門ら四名は、以前から皆朱の槍の所持を願い出ていたが、景勝からいまだ許しがなく、不満に思っていたところへ、新参の慶次郎が堂々とその槍を持ってあらわれたものだからたまらない。鬱積《うっせき》していた怒りが爆発し、ことと次第によっては戦線離脱も辞さずとの空気がただよった。

「この大事なときに、ばかを言いおる。まことの敵は誰か、ない知恵を絞ってよくよく考えたがよかろう」

慶次郎は四人を相手にもしなかった。

だが、宇佐美弥五左衛門らはおさまらず、会津若松城にいる主君景勝に訴え出た。合戦を前にしての内輪揉《も》めは、何としても避けなければならない。執政の直江兼続

は、景勝と相談のうえ、政治的な判断をし、

「みな、慶次郎に負けず劣らず、武勇にすぐれた者たちである。よって、殿さまの思《おぼ》し召しにより、前田慶次郎および、宇佐美弥五左衛門ら四名に、皆朱の槍を許すものなり」

と、裁定を下した。

宇佐美弥五左衛門らは小躍りして喜び、意気揚々と皆朱の槍を用意して、白河の陣の持ち場についた。

慶長五年七月二日、徳川家康は江戸に着城。同月二十一日に江戸を発し、二十四日には下野《しもつけ》小山《おやま》に着陣した。十二万の大軍勢が、白河に迫っていた。

会津若松城にいた上杉景勝は、満を持して白河へ出陣。上杉軍総勢五万余とともに、決戦のときを待った。

だが——。

耳を疑うような知らせが、上杉陣へ飛び込んできた。

「徳川本隊が下野小山より引き返しておりますッ！」

「どういうことだ」

直江兼続はただちに諜者《ちょうじゃ》を放ち、事態急変の理由を調べた。

事情はすぐにわかった。

徳川勢が上方を留守にした隙《すき》に、近江佐和山で蟄居していた石田三成が挙兵。宇喜多、毛利、島津らの西国諸大名を味方に引き入れ、家康への弾劾状を発して、徳川家臣の鳥居元忠《とりいもとただ》が留守をあずかる伏見城を襲ったのである。伏見城を陥落させた三成は、中山道を下り、美濃大垣《おおがき》城に入城した。

「石田が決起したか」

慶次郎は渋い顔をした。

「徳川軍が、われらを置き去りにして西へ引き返すわけです。せっかくの革籠原の備えが無駄になりました」

決戦に胸を高ぶらせていた新九郎は、落胆を隠しきれない。

「いや、いまこそ戦いのときだ」

合戦の場数を踏んでいる慶次郎はすぐに気持ちを切り替えた。

「家康の背後を衝《つ》く、絶好の機会よ。これを逃す手はない」

慶次郎の追撃策には、直江兼続も同意見だったが、大将の上杉景勝自身が、敵の背後を襲うことを嫌うとともに、

「われらが徳川勢を追えば、背後の伊達勢が必ず動く。不用意な追撃はならぬ」

と、これを許さなかった。

しかし、まだ戦いは終わったわけではない。

「家康が西で石田三成と戦っているあいだに、われらは徳川と意を通じた北方の伊達、最上を切り従えるべし」

景勝は次なる北の決戦にそなえて、白河から会津若松城へ勢を引き揚げた。慶次郎、山田新九郎らも、ともに会津へもどった。

「しばらく、わしをおまえの屋敷に居候させてくれ」

慶次郎が新九郎に言った。

「なぜでございます」

「戦いを前にして、佐乃と顔を突き合わせたくない。ああだこうだとうるさく騒がれては、せっかくの士気がにぶる」

「佐乃どのがお気の毒にございますな」

同情顔の新九郎に、

「何だ、おまえ。まさか、あの気の強い娘に惚れたわけではあるまいな」

「めっそうもございませぬ。それがしのような武辺のかけらもない者を、佐乃どのが相手になされるわけがありませぬ」

「顔は正直だ。赤くなっておるぞ、新九郎」

慶次郎は陽気に笑い飛ばした。

新九郎の屋敷には、その日から慶次郎が同居することになった。

一方、会津若松城の軍議では、伊達の動きを牽制しつつ、まずは出羽の最上義光に戦いの矛先《ほこさき》を向けることが決定される。出陣は五日後、直江兼続の居城、出羽米沢城からと決まった。

城に詰めていた新九郎は、

(慶次郎どのにお知らせせねば……)

と、知らせを持って屋敷に引き返した。

門のそばまで来たとき、ウコギの生け垣のかたわらに佐乃がたたずんでいるのに気づいた。

「お父上に会いにまいられたのですか」

「わたくし……」

この娘らしくもなく、佐乃は目を伏せて逃げようとした。

「どうなされたのです」

「じきに、最上とのいくさがはじまるそうですね」

佐乃の大きな瞳が新九郎を見た。

「はい。出陣は五日後です」

「………」

佐乃はしばらく何かを迷っていたようだが、やがて意を決したように、

「やはり、父に会っていきます。そして、どうあっても、金沢へ連れて帰ります」

「佐乃どの……」

「父を憎んでいるからではありません。父に生きていて欲しいから……。父は六十を過ぎております。もう、いくさはよいではありませぬか。金沢へ帰って、もう一度、家族一緒に静かな暮らしを送りたい」

新九郎が止める間もなく、佐乃は屋敷の門をくぐった。

いつも寝起きしている離れに、慶次郎の姿はなかった。新九郎は佐乃とともに、厩や台所などを捜した。

ようやく、その姿を見つけたのは、裏庭まで来たときだった。

井戸端で双肌《もろはだ》脱ぎになった慶次郎が、こちらに背中を向け、一心不乱に何ごとかしている。

声をかけようとして、新九郎も佐乃も、その言葉を途中で呑んだ。

慶次郎は井戸端に盥《たらい》を持ち出し、髪を染めているのだった。生えぎわが白くなった頭に、草木を煮出したらしい赤茶色の液体を、刷毛《はけ》でていねいに塗りつけていく。おごそかな儀式をおこなっているような、厳粛で近寄りがたい姿だった。

「ばかな、父上……」

柿の木のかげから慶次郎の背中を見つめる佐乃の睫《まつげ》が、かすかに震えていた。

「あんなことまでして、無理をして若ぶって……。いいかげんに、痩《や》せ我慢はやめればいいのに」

「いや、やめることはできません」

新九郎は、佐乃の横顔を強く見つめた。

「漢《おとこ》というものは、痩せ我慢してこそ漢なのです」

「ほんとうに……」

佐乃の声が途切れた。その頰を涙が濡《ぬ》らしている。

晴れわたった会津の秋空に、絹雲が高く走っていた。

九

直江兼続を大将とする上杉軍二万が米沢城を発したのは、九月九日のことである。軍勢は与板組、組外御扶持方が中心となり、馬廻組、五十騎組らは主君景勝を守って会津若松城に残った。

むろん、組外御扶持方の頭の慶次郎も、最上攻めの陣に加わっている。

慶次郎のいで立ちは、大袖に竜のウロコをつけた朱塗りの具足、袖広の猩々緋《しょうじょうひ》の陣羽織をまとうという派手ななりである。頭には猿革の投頭巾《なげずきん》をかぶり、金瓢箪《きんびょうたん》を垂らした刺高念珠《いらたかねんじゅ》を首からぶら下げた。

皆朱の槍を脇《わき》に抱えた慶次郎は、銀の頭巾に唐鍬《からしりがい》をつけた四尺七寸の河原毛《かわらげ》の馬に颯爽《さっそう》とまたがり、乗り替え用の烏黒《からすぐろ》の馬の鞍《くら》に火縄銃二挺《ちょう》を結びつけて戦場へ向かった。

慶次郎が通ると、街道の道端につらなっていた町衆、農民が喝采《かっさい》を送った。その声に、慶次郎は朱槍を天に突き上げてこたえた。

最上領へ入った上杉軍は、破竹の勢いで進撃した。十三日早朝、江口五郎兵衛《えぐちごろうびょうえ》父子の守る畑谷《はたや》城に攻めかかり、わずか一刻《いっとき》で陥落させた。

秋山伊賀守にあてた兼続の戦況報告によれば、

――最上領畑谷城乗っ取り、撫《な》で切りに申し付け、城主江口五郎兵衛父子とも、首五百余討ち取り候。

とある。慶次郎も朱槍を振るって奮戦、敵の首級を多数取った。

上杉軍は勢いに乗り、簗沢《やなざわ》城をはじめとする最上方の支城三十余を落とし、長谷堂《はせどう》城に迫った。

山形城の南西一里半に位置する長谷堂城は、最上方の守りのかなめである。

〝亀ヶ城〟とも呼ばれるように、亀の甲羅に似た丘陵の上に築かれている。川の流れと深田《ふかだ》が周囲を取り巻く要害堅固なこの城を、最上家重臣の志村光安《しむらあきやす》が兵五千とともに守っていた。

直江勢が長谷堂城を囲み、攻撃を開始したのと同じころ、出羽庄内から与板組の志《し》駄義秀《だよしひで》が最上川沿いに攻め上がり、谷地《やち》城、寒河江《さがえ》城を攻め落として、山形城の間近まで迫っている。

南北からの攻勢に震え上がった最上義光は、姉の息子の伊達政宗に加勢を頼んだ。政宗もこれに応じ、三千の兵を最上領へ差し向け、長谷堂城を包囲する上杉勢を牽制することになる。

これにより、長谷堂城をめぐる攻防は膠着《こうちゃく》状態におちいった。

しかし――。

城攻め開始からほどなくして、上杉の陣中に衝撃的な一報が飛び込んできた。

「去る九月十五日早朝、美濃《みの》関ヶ原において、東西両軍決戦。同日夕刻までに、西軍大敗ッ！」

知らせは、西上した徳川家康ひきいる東軍が、石田三成ひきいる西軍をわずか一日で撃破したというものだった。

会津若松城の景勝は、前線にいる直江兼続らに即時撤退を命じた。

兵を引くといっても生やさしいことではない。上杉勢は最上領の真っただなかにあり、しかも背後に伊達勢をせおっている。

上杉軍が撤退をはじめるや、形勢逆転を知った最上義光が山形城から討って出て、領外へ一兵も逃すまじと激しく追いすがった。

直江は与板組三百騎を一団となし、敵がせまると見れば踏みとどまって攻め、敵の追撃が鈍ると見れば隙をついて退却する、謙信直伝の懸《かか》り引《び》きの戦法をとった。だが、最上勢に伊達勢も合流するにおよび、追撃をしのぐ直江の手勢にも疲れがみえはじめた。

やがて、与板組は敵に追いまくられて崩れだした。

さすがの直江兼続も、

(もはや、これまで……)

と、死を覚悟したそのとき、猩々緋の陣羽織をなびかせ、巨体を躍らせて慶次郎が駆けつけた。

「死のうと思うておるな」

馬上から慶次郎は兼続を睨んだ。

「死して責任を取らねばならぬ。それが上杉家のためだ」

直江が、兜の眉庇《まびさし》の下の顔に悲愴な決意をみなぎらせた。

「上杉家のためだと。本気でそう思っておるのか」

「むろんだ」

返答を聞いた慶次郎は、馬から飛び下りるや、

「ばかやろうッ!」

直江の頬げたを拳《こぶし》で殴りつけた。

「おまえがここで死んだところで犬死でしかない。これから上杉家は大変なことになる。もし責任を感じるのなら、おまえの力で上杉を支えろ。醜《みにく》い姿をさらしてでも支

えろ。生きて責任を果たせ。わが一手をもって、最上の追撃を食い止める。その隙に、直江どのはすみやかに退《ひ》かれよ」

凛と響くその声を、直江のそばで必死に血槍を振るっていた新九郎は、天の声のごとく聞いた。

「さあ、早く」

慶次郎は直江をうながすや、谷あいの一本道に仁王立ちになり、皆朱の槍をかまえて敵勢の前に立ちふさがった。

これを見た上杉勢のなかから、慶次郎につづく者があらわれた。宇佐美弥五左衛門、水野藤兵衛ら、四人の朱槍衆だった。

慶次郎と四人の朱槍衆は、喊声《かんせい》を上げてせまる最上の兵を、突き伏せ、蹴散《けち》らし、体を張って鬼神のごとく大暴れする。

これを援護するように、上杉家古参の水原親憲《すいばらちかのり》の鉄砲隊が、街道脇の山の上から敵勢めがけて一斉射撃を加えた。

慶次郎らの命懸けの奮戦により、直江兼続は無事、上杉領に生還をはたした。

最上勢の追撃を振り切り、狐越《きつねご》えを越えると、慶次郎のかたわらに、鴾毛斑《つきげぶち》の馬を寄せてきた者があった。

宇佐美弥五左衛門である。

弥五左衛門は、戦場の興奮さめやらぬ血走った目で慶次郎を睨むと、

「おぬし、読み方を間違《まちご》うておったぞ」

と言った。

「何のことだ」

慶次郎は相手を睨み返した。

「おぬしの背中にひるがえっている旗差物よ。あれは大不便者《だいふべんもの》ではない。大武辺者《だいぶへんもの》と読むのじゃ」

そう言うと、弥五左衛門は一礼して駆け去ろうとした。

その背中を、

「待て」

と、今度は慶次郎が呼び止めた。

「おぬしこそ間違えている」

「何?」

「わしはやはり、大不便者よ」

慶次郎は片頬をゆがめて沁《し》み入るように笑った。

関ヶ原合戦の戦後処理で、上杉家は会津若松百二十万石から米沢三十万石に減封された。譜代ではない組外御扶持方の者たちは、次々と上杉家を去った。

が、慶次郎は、

「関ヶ原のいくさで、諸大名の心の底がよくわかった。仕えるに足るのは、やはりこの家のみだ」

として、上杉家を離れなかった。

慶次郎は米沢郊外の堂森《どうもり》に「無苦庵《むくあん》」なる草庵を結び、自らを忽之斎《ひょっとさい》と称して近くに湧き出す清水で茶を点て、雪月花《せつげつか》を友として風流三昧の余生を送った。

彼が書いた『無苦庵記』には、

――生きるまで生きたらば、死ぬるでもあろうかと思う。

とあるが、その言葉のとおり、天衣無縫に生きた前田慶次郎は、慶長十七年（一説に慶長十年）に生涯を閉じた。

米沢には、慶次郎が身につけた朱塗りの甲冑《かっちゅう》、愛用の槍、自作の俊寛の能面、染付《そめつけ》茶碗、瓢箪徳利《どっくり》、遺髪まで残されている。

この男が、米沢の人々に愛された証《あかし》であろう。

弟《おじ》

大国実頼《おおくにさねより》

一

越後では、跡取りの総領以外の男子のことを、

——弟《おじ》
と呼ぶ。

相続者である兄の権威は重く、法事や宴会の席次はむろんのこと、弟はつねに兄の下風《かふう》に甘んじねばならなかった。

これは、東国の武家社会における長子相続の伝統が背景にあるものと思われる。

すなわち、西国では親の財産を分割して相続するのが通例であるのに対し、東国では長男が家長の座とともに相続権を独占し、次男、三男以下の弟たちは、わずかな土地をもらって分家するのが関の山であった。

東国と西国で、なぜそれほどの違いがあるのか。

それは、東国には騎馬民族の風習が色濃く受け継がれているからであろう。騎馬民族は基本的に一子相続で、モンゴル帝国を築いたチンギス汗も一族の長として弟たちの上に君臨した。

源氏の棟梁《とうりょう》源《みなもとの》頼朝《よりとも》が、平家討滅に大功のあった弟義経《よしつね》に辛《つら》くあたったのも、東国武家社会の相続制度と無縁ではないだろう。

ここに、ひとりの弟がいる。

名を樋口与七《ひぐちよしち》という。

父は、越後坂戸《さかと》城主長尾政景《ながおまさかげ》の家臣、樋口惣右衛門兼豊《そうえもんかねとよ》。惣右衛門の長男で、与七の二歳年上の兄が、樋口与六兼続《よろくかねつぐ》――のちに上杉家の執政として、天下に名を轟《とどろ》かせることになる直江兼続その人であった。

坂戸にいるころの与七の記憶にある兄は、いつも雲の上の存在であった。

長身で、眉目秀麗《びもくしゅうれい》。足が速く、刀術、槍術《そうじゅつ》、杖術《じょうじゅつ》、水練と、いずれも大人が舌を巻くほどの腕前だった。

しかも、頭がよく、弁舌がさわやかである。与六は、まだ十歳にもならぬうちに四書五経をそらんじ、近在の禅寺から借りた唐の国の歴史書などを熱心に読みふけった。

（兄者には、とてもかなわぬ……）

与七はまばゆいものを見るような目で、そんな兄を仰ぎ見た。

きらびやかな才にめぐまれた兄に比べ、弟の与七は外貌《がいぼう》からしてもっさりとしている。背丈は兄に似て大柄だが、首や手足が太く、動作も牛のように鈍い。

しかも、才気煥発《かんぱつ》な兄と違って口が重い性質《たち》のため、

「与七は何を考えているか、さっぱりわからぬ」

父惣右衛門も、このくすんだ藍色《あいいろ》の影のような弟の存在に、日ごろからあまり気をとめることはなかった。

一方、兄の与六は、その利発さが主君長尾政景夫人の目にとまり、嫡子《ちゃくし》喜平次《きへいじ》景勝《かげかつ》の相手役として、ともに学問をまなぶことになった。

のちに、野尻《のじり》ノ池の舟遊びで、長尾政景が家臣との諍《いさか》いから不慮の死を遂げると、景勝は叔父上杉謙信のもとへ養子として引き取られ、元服した与六兼続もあるじに従い、謙信の本拠地である春日山《かすがやま》城へ移った。

謙信は聡明な兼続をことのほか可愛《かわい》がり、つねに手元に置いて、みずからの思想や軍略の知識などをたたき込んだ。

与七にとって、兄はますます手の届かぬ存在となった。

（おれも兄者のように、お屋形《やかた》さまのそばにお仕えしたいものだ……）

父とともに坂戸に残った与七は、北陸や関東で連戦連勝をつづける上杉軍団に、夢のような憧《あこが》れを抱いた。

その夢がようやく叶《かな》ったのは、彼が元服をすませ、

——樋口与七実頼《さねより》
と名をあらためた、天正六年（一五七八）早春のことであった。

坂戸の城下から春日山城までは、栃窪峠《とちくぼとうげ》越えで行く道がもっとも近い。だが、春先で峠の雪がまだ深かったため、魚野《うおの》川沿いに下って小千谷《おぢや》から柏崎《かしわざき》へ抜け、そこから海岸線づたいに西へ向かう道を行った。

馬を走らせて行くと、強風を受けてやや歪《いびつ》な形になった赤松の林の向こうに、海がひらけてくる。

日本海である。

山あいの坂戸で育った与七実頼にとって、生まれてはじめて見る海であった。

（この海のごとく……）

実頼は潮風を胸に深く吸い込み、

（おれは大きな男になりたい。そして、兄者とともに、野を駆け、山を駆けてお屋形

さまをお助けするのだ）

兄がすすんだのと同じ道、優秀な兄の背中を追いかけることが、弟に生まれた実頼の望むすべてであった。

しかし――。

実頼が春日山城に着くと間もなく、上杉家を大きな不幸が襲った。

謙信の死である。

関東への出陣を前にして、謙信は突然、脳溢血《のういっけつ》で倒れ、そのまま意識を回復することなく逝去《せいきょ》した。

生涯、不女犯《ふにょぼん》の誓いを立てていた謙信には、跡取りの実子がいない。上杉家の家督は、二人の養子――甥《おい》の景勝と、関東の北条《ほうじょう》家から迎えた三郎景虎《かげとら》のあいだで争われることになった。

「えらいことになったのう、兄者」

十七歳の実頼は、ただうろたえるしかなかった。

だが、兄は、

「上杉家を継ぐ者は景勝さましかおらぬ。三郎さまがその前に立ちはだかるというなら、われらは戦うまで」

切れ長な目に冷厳な光を浮かべて言った。

「お屋形さまが、景勝さまを跡目にとご遺言なされたのか」

「いや」

「ならば、穏便に話し合いで……」

「おまえは、いまがどのような世か、わかっているのか」

兼続が苛立《いらだ》ったような表情で弟を見た。

「いまは乱世だ」

「…………」

「越後はこれまで、毘《び》の旗をかかげるお屋形さまのもと、一致団結して戦ってきたが、そのお屋形さまがお亡くなりになられたいま、諸国の大名は、上杉家の領土を食い荒らさんものと、鵜《う》の目鷹《たか》の目で機会をうかがっている。悠長《ゆうちょう》に話し合いをおこなっている暇など、どこにもない。関東の北条の干渉を排除するためにも、上杉家は景勝さまを戴《いただ》いてひとつにまとまらねばならぬのだ」

兄の言葉には信念があった。その強さに、実頼は圧倒され、

(兄者は正しい……)

自分はどこまでも兄を信じて付いていくしかないと、覚悟をかためた。

二

喜平次景勝と三郎景虎が戦った、

――御館《おたて》の乱
は、越後の国衆を二分する激しいいくさとなった。

当初、優勢に戦いをすすめたのは、実家の北条氏と、それと結ぶ武田氏の後援を受けた三郎景虎側である。

春日山城のふもとの御館に拠《よ》った景虎は、山本寺定長《さんぼんじさだなが》、長尾景明《かげあき》らを味方につけ、春日山城に籠《こ》もる景勝を圧迫した。

春日山城は、中世の名残を色濃く残した典型的な山城である。それに比べ、関東管領上杉憲政《のりまさ》の居館として建てられた御館は、越後府中の中心であり、背後に直江津《なおえつ》の湊《みなと》をひかえた交通の要地であった。

景虎はこの御館に陣取ることで、春日山城への兵糧の補給を困難にした。さらに、直峰《のうみね》城主の長尾景明が三国《みくに》街道を封鎖、景勝の強力な直臣団である坂戸城下の上田《うえだ》衆との連絡を遮断した。

春日山城の景勝方は、しだいに追いつめられていった。

この不利な形勢を、一気に逆転へと導いたのが、実頼の兄兼続の知謀である。

兼続は、亡き謙信の時代には、信濃川中島《しなのかわなかじま》の領有をめぐり五度にわたって戦った上杉家の宿敵、

「武田家《たけだ》と結ぶ」

という、常人では思いつかぬ離れ業《わざ》を使った。

その条件として、兼続は春日山城にたくわえられた黄金一千枚、および上野国《こうずけのくに》東半分の割譲を、武田勝頼《かつより》に提示した。むろん、あるじ景勝の許可を得てのことである。

勝頼はこの誘いに乗り、北条氏との長年の同盟関係を断って、景勝方につくことを約束した。

武田と軍事同盟を結んだのを機に、景勝陣営は劣勢を挽回《ばんかい》。ついに御館を囲み、丸一年にわたる上杉家の跡目争いに決着をつけた。三郎景虎は実家の北条氏を頼るべく、関東をめざして逃亡をはかったが、途中、鮫ヶ尾《さめがお》城主堀江宗親《ほりえむねちか》の裏切りにあい、同地で自刃して果てた。

「勝つというのは酷《むご》いことだな、兄者」

二十歳《はたち》の若武者に成長していた実頼は、動乱のために斃《たお》れた多くの者たちのために

涙を流した。

御館方には、春日山に来てから知り合った友もいた。三郎景虎の嫡子道満丸《どうまんまる》のような、罪のない子供まで犠牲になった。同じ越後の同朋《どうぼう》が憎み合い、争い、血を流すことが、実頼には悲しくてならなかったのである。もともと、実頼は気持ちのやさしい、八海山《はっかいさん》に降り積もる雪のように、純な心を持った若者であった。

「負ければ、われらのほうが屍《しかばね》になっていた。勝つというのは、酷いことではない。本当に酷いのは、勝った者がその勝利の上にあぐらをかき、国をひとつにまとめる努力を怠ることだ。死者を悼《いた》んで涙を流す暇があったら、おおやけのために自分は何をできるか、それを考えろ」

兄の兼続は実頼を叱咤《しった》した。

戦いを通じて、兄はさらに大きく成長していた。

その姿は、実頼の目に、

（非情……）

とも映った。が、自分には足りない何かが、いっときの感情に流れることなく、早くも将来《さき》を見すえている兄にはあった。

御館の乱で景勝を勝利に導いた兼続は、二十二歳の若さで上杉家の家老のひとりに抜擢《ばってき》された。

と同時に、先代謙信以来の上杉家中の名門、直江《なおえ》家へ婿《むこ》養子に入り、

――直江兼続
と名乗るようになる。

景勝の基盤をささえるのは、坂戸以来の直臣である上田衆であり、その象徴ともいえる存在が直江兼続であった。


御館の乱を乗り切った上杉家を、やがて、さらに大きな嵐が襲う。

織田信長《おだのぶなが》の北陸侵攻である。

このころ、安土《あづち》に天下制覇の足がかりとなる巨城を築いた信長は、越前北ノ庄《きたのしょう》城に重臣の柴田勝家《しばたかついえ》を入れ、御館の乱によって弱体化した上杉領に手を伸ばしはじめた。

天正十年四月、上杉方の城将中条景泰《なかじょうかげやす》らが守る越中の魚津《うおづ》城を、柴田勢一万五千が囲んだ。

上杉家にとって、魚津城を奪われることは、領内の西の防衛線を失うことを意味する。このころ、同盟者であった武田勝頼は、織田・徳川の連合軍によって滅ぼされ、信濃へ侵攻した織田家臣の森長可《もりながよし》、上野《こうずけ》入りした滝川一益《たきがわかずます》の軍勢が、南と東から馬蹄《ばてい》

の音を響かせて上杉領に迫っていた。

——負ければわれらが屍になる……。

という兄の言葉が、信濃との国境に近い関山《せきやま》の陣にいる実頼の胸に、痛いほどの実感をともなってよみがえった。

（負けたくない……。死にたくない……）

実頼は、越後の山野を飲み込もうとする織田軍の巨大な影におびえた。

六月三日、魚津城が落城した。

上杉家の誰もが滅びを予感したそのとき、思いがけぬことが起こった。

「京本能寺にて、織田信長横死ッ！」

上方から、天下を揺るがす事変の急報が飛び込んできた。

中国攻めに出馬するため、京の本能寺に滞在中であった信長が、織田家の重臣のひとり明智光秀《あけちみつひで》に弑《しい》されたというのである。

諸国の戦線に散っていた織田勢に、衝撃が走った。

越後国境近くまで兵をすすめていた柴田軍は、潮が引くように撤退。信濃の森軍、上野の滝川軍も退却をはじめた。これにより、上杉家は奇跡的に滅亡をまぬかれた。

「刀八毘沙門天《とばつびしゃもんてん》は、われらをお見捨てにはならなかったッ！」

紺糸縅《こんいとおどし》の当世具足《とうせいぐそく》をつけた実頼は、小躍《こおど》りして喜んだ。日ごろは鬼をもひしぐ勇猛な上杉家の武者たちも、たがいの肩をたたき合い、随喜の涙を流している。

そのなかにあって、ひとり兄の兼続のみは冷静だった。

「浮かれている場合ではないぞ。戦いはまだ終わったわけではない」

「兄者……」

「信長の覇業《はぎょう》を継ぐ者が、われらの敵か味方か。天下がいかように動くか、しかと見定めねばならぬ」

兼続はすぐさま、上方の情勢をさぐる諜者《ちょうじゃ》を放った。

三

信長の後継者に名乗りを上げたのは、中国大返しを演じて明智光秀を討った羽柴秀吉《はしばひでよし》と、織田家筆頭家老の柴田勝家の両名だった。

このうち、羽柴秀吉は北陸で柴田と攻防戦を繰り広げてきた上杉家に対し、

「貴家とよしみを通じたい」

と、早々に使者を送ってきた。敵の敵は味方というわけであろう。

――秀吉とは、どのような男か……。

上杉家が返事を保留しているあいだに、秀吉は賤ヶ岳《しずがたけ》の戦いで柴田勝家を破り、その地位を不動のものにしてしまった。

(信長の草履《ぞうり》取り上がりであるらしい……)

低い身分から、おのが才覚ひとつで成り上がったというその男に、実頼は強い警戒心を抱いた。

兄の兼続も、坂戸城主の薪炭《しんたん》用人の息子から、いまや上杉家の舵取《かじとり》をまかされるまでに出世したが、それとて秀吉のめざましい栄達の比ではない。

しかし、

(人を出し抜きながら、運のよさだけで駆けのぼってきた男ではないか。よしみを通じたいなどと言って、腹の底では何をたくらんでいるか……)

それが、実頼だけではなく、多くの上杉家臣たちの秀吉観だった。

このころ――。

実頼は、主君景勝から、

「天神山《てんじんざん》城主の小国《おぐに》家へ養子に入るように」

と、命じられた。

命は景勝からのものだが、じっさいには兄兼続の意思がはたらいている。

小国家は源三位頼政《げんざんみよりまさ》の弟頼行《よりゆき》の流れを引く、越後きっての名家のひとつである。当主の三河守重頼《みかわのかみしげより》は、先代謙信の重臣として活躍した。

その名門小国家へ、弟実頼を送り込むことで、景勝の基盤である上田衆の発言権を強めよう——と、兼続は考えた。

実頼以外にも、同じく上田衆の登坂藤右衛門《のぼりさかとうえもん》が、謙信に重く用いられた甘糟家《あまかす》へ養子に入り、甘糟景継《かげつぐ》と名乗りをあらためている。

「何やら小国家を乗っ取るようで、気がすすまぬ」

実頼は兄に胸のうちを打ち明けた。

養子に入るにあたって、実頼は小国重頼の娘お栄《えい》と祝言をあげることが決まっている。が、重頼には妾腹《しょうふく》に男子があり、小国家のなかには実頼を養子に迎えることを快く思わぬ者が多かった。

「何を言っている」

兼続は弟を叱《しか》りつけた。

「われらは、私利私欲のために動いているのではない。景勝さまをもり立て、変転の激しい乱世で生き残っていくには、上杉家が一枚岩にならねばならぬ。多少の恨みを身に受けるくらいの覚悟がなくてどうする」

そういう兼続自身、春日山城内の闘諍沙汰《とうじょうざた》に巻き込まれて死んだ与板城主直江信綱の寡婦《かふ》お船《せん》と、主君景勝のお声がかりで結ばれている。

先代謙信以来の老臣が顔をそろえる上杉家のなかで、若い兼続が全権をまかされる執政になったのは、彼自身の実力もさることながら、名門直江家に婿入りしたことが大きかった。

経緯はともあれ、兼続とお船の仲はいたって良く、直江家の家臣たちも兼続に心服していた。

（兄者のごとく……）

小国家の娘と睦《むつ》まじい夫婦になり、そのうえで家臣たちを従えていけばよいのだと、実頼はよい方へ気持ちを切り替えた。

しかし――。

実頼の小国家での暮らしは、最初からつまずいた。

「坂戸の薪炭用人の息子ごときが、清和源氏の流れを汲《く》むわが小国家を継ごうなど、身のほど知らずな」

新妻のお栄は気位の高い女だった。

あるじの命で実頼が強引に婿入りしたことを恨みに思い、心を貝のように閉ざしてしまった。

生来、実頼は真面目《まじめ》な男である。

妻の歓心をかおうと、さまざまな努力をこころみた。桑取谷《くわとりだに》でイサザ（シロウオ）が捕れだしたと聞けば、馬を飛ばして買いもとめに行き、みずから山で木の芽（アケビの新芽）を摘んで天神山城に届けた。姫川で取れた翡翠《ひすい》の原石を使いに持たせたこともあった。

「このようなもの」

と、お栄とその侍女たちは嘲《あざけ》り笑った。

「おなごに、かような無粋《ぶすい》な品を贈る者があろうか。都ぶりの歌のひとつでも詠《よ》んだほうが、よほど気が利いておりますものを」

その話を人づてに聞いた実頼は、上杉家に仕えていた武家歌人の木戸元斎《きどげんさい》から、和歌の手ほどきを受けた。

実頼の繊細な感性が和歌に合っていたのか、元斎も舌を巻くほど上達が早かった。ことに、当意即妙に句を付け合わせていく連歌《れんが》に、実頼は思わぬ才能を花開かせた。

もっとも、それと男女の仲は別で、実頼がいかに流麗《りゅうれい》な恋の歌を詠んでも、妻から返事が来ることはなかった。

（女は難しい……）

実頼は、ほとほと嫌になった。

そのようなときである。

「秀吉が来る」

いつもは冷静な兄兼続が、さすがに緊張した顔つきで言った。

四

柴田勝家を倒して天下人への道を歩みはじめた秀吉は、大坂城という天下支配の拠点を築き、またたくまに四国を平定。天正十三年七月、関白《かんぱく》に就任した。

上杉領の隣国越中《えっちゅう》では、佐々成政《さっさなりまさ》が信長の遺児織田信雄《のぶかつ》や東海の徳川家康と結び、秀吉への抵抗をつづけていた。

しかし、信雄と家康が秀吉と和睦《わぼく》するにおよび、佐々成政は孤立。秀吉が送り込んだ五万の大軍の前に、戦わずして富山《とやま》城を開城した。

その秀吉が、越後に来るという。

「いくさか」

実頼は膝《ひざ》の上で拳《こぶし》を握りしめた。

「そうではない。わが上杉家と、同盟を結びたいと言っている」

「同盟ではなく、臣下になれと言っているのではないか」

「おまえもだいぶ、世の中がわかってきたようだな」

兼続がかすかに笑った。

「どうするつもりだ、兄者」

「向こうは、景勝さまと内々に会談したいと言っている。場所も指定してきた」

「どこだ」

「越中との国境に近い、落水城《おちりみず》」

「落水か……」

総身が粟立《あわだ》つようだった。

じつは、秀吉との会談にあたっては、上杉家中に異論がないわけではない。いかに相手が日の出の勢いにあるとはいえ、

——一戦も交えずに、膝を屈してよいものか。

と、反対する者が多い。

上杉家には、戦国最強とうたわれた先代謙信以来の誇りがある。その誇りにこだわる家臣たちにとって、無条件の臣従はとうてい承服しがたいものであった。

実頼もまた、会談には反対だった。

「会ってしまえば、お屋形さまは秀吉に頭を下げるしかない。そのような屈辱、兄者はお屋形さまに味わわせようというのか」

「ものごとは大局を見ねばならぬ」

兼続はしずかな口調で言った。

「屈辱と思うのは、いっときのこと。世の流れを見ず、いたずらに意地を張るのは愚か者の所業にほかならぬ。いま秀吉と戦って、上杉家が勝てると思うか」

「それは……」

「これは政略だ。しかも、秀吉はわが上杉家に最大限の敬意を払い、みずから越後へ足を運ぶという手順を踏んでいる。これに応じねば、上杉家のほうがかえって天下の物笑いになろう」

兼続は家中の反対を強引に押し切り、落水での極秘の会談を実現に漕《こ》ぎつけた。

翌、天正十四年五月二十日——。

上杉景勝は上洛《じょうらく》の途についた。

上杉家が秀吉に従ったことを、おおやけに天下にしめすためである。

実頼も兄兼続とともに、景勝に同行。生まれてはじめて、京の土を踏んだ。

(文化の厚みが違うな……)

実頼は落ち着きのない目で、あたりを見まわした。

京は祇園祭《ぎおんまつり》の真っ最中である。コンチキチンと涼しげな鉦《かね》の音が町に流れ、室町通《むろまちどおり》や新町《しんまち》通にきらびやかな山鉾《やまぼこ》が立てられている。

平安時代に疫病退散の行事としてはじまった祇園祭は、応仁《おうにん》の乱でいったん途絶えたが、京の町衆の力によって復活し、ふたたび盛況を呈するようになっていた。

なまあたたかく湿った闇《やみ》のなかに、華やかな気分が満ちている。

闇に揺れる駒形提灯《こまがたちょうちん》の波に、

(これが都……)

実頼は酔ったように心を奪われた。

その後、上杉家の主従は秀吉に拝謁するため大坂城へ登城した。

宣教師ルイス・フロイスが、

——地の太陽が天の太陽に光りまさった。

と形容した巨城である。

城といえば、山の尾根に曲輪《くるわ》をもうけた坂戸城や春日山城しか知らなかった実頼は、その五層八重の天守や、壮麗な白塀《しろべい》、高石垣に、ただ息を呑《の》み、目を瞠《みは》るしかない。

秀吉は、

「おう、よう参ったのう」

と、上杉家の一行を歓待し、天守の最上階から奥御殿まで、みずから先に立って案内してまわった。

ことに実頼が驚いたのは、秀吉が自分の寝所へ一同を導き入れたときである。

寝所には、真っ赤な天鵞絨《ビロード》の布におおわれた南蛮《なんばん》渡りの寝台《ベッド》が置いてあり、

「どうだ、景勝どのも横になってみぬか。雲の上に寝るように心地のよいものじゃぞ」

秀吉は上機嫌で手招きをした。

武骨で冗談の嫌いな景勝は、首を小さく横に振っただけだったが、はたで見ていた実頼は、

（何と豪奢《ごうしゃ》な……）

寝台の豪華さに目をうばわれると同時に、私的な寝所にまで他人を案内する秀吉の気さくさに、妙な感動をおぼえた。

「関白殿下はたいしたお方だのう、兄者」

宿所へもどってから、実頼は興奮さめやらぬ顔つきで言った。

「あの大坂城のみごとさ……。越後も豊かな国だと思っていたが、あれだけの城を築く関白殿下の力ははかり知れぬ」

「おまえは、関白に従うことに反対ではなかったのか」

「井の中の蛙《かわず》だったということよ。兄者が言うとおり、物事は大局を見ねばのう」

「………」

「あれだけの権力を手にしながら、いささかも偉ぶらぬ懐の深さ。あれぞまことの天下人というものではないか」

いつしか実頼は、秀吉に好意を抱くようになっていた。

「あのお方について行けば、上杉家の未来は明るい。兄者もそうは思わぬか」

「うむ……」

兼続が顎《あご》を撫《な》でながらうなずいた。

秀吉の斡旋《あっせん》で、上杉景勝は正親町《おおぎまち》天皇よりじきじきに天酌《てんしゃく》を受け、従四位下《じゅしいのげ》左近衛《さこんのえ》権少将《ごんのしょうしょう》の官位、官職をたまわり、越後へ帰国した。

五

実頼がふたたび上洛の途についたのは、翌天正十五年十月のことである。

今度は、主君景勝や兄と一緒ではない。わずかな供を連れただけの旅である。

秀吉に、新発田重家《しばたしげいえ》を滅ぼして越後平定を果たした報告をおこなうとともに、九州攻めの戦勝祝い、並びに聚楽第《じゅらくてい》落成の祝いをのべるのが、実頼に与えられた役目であった。

出立前、兄の兼続は、

「おまえには、そのまま京に留《とど》まってもらうことになる」

厳しい表情で言った。

「なにゆえに……」

「人質《ひとじち》だ」

「おれが、人質？」

実頼は思わず聞き返していた。

豊臣政権に従うにあたって、諸大名はそれぞれ忠誠を誓うあかしの人質を差し出している。徳川家康は息子の結城秀康《ゆうきひでやす》を、真田昌幸《さなだまさゆき》も息子幸村《ゆきむら》を秀吉のもとへ送っていた。

上杉家からは、一門衆の上条政繁《じょうじょうまさしげ》（能登守護畠山義則《はたけやまよしのり》の子、妻は景勝の姉）の子が人質として上方に留め置かれていたが、先ごろ、政繁が秀吉から名門畠山家の復興を許されて独立した大名になったため、人質がいなくなっていた。

当主景勝にはまだ子がなく、ほかの上杉一門も御館の乱で滅んでいる。

そこで秀吉は、執政直江兼続の弟小国実頼を、

「京へ留め置け」

と言ってきたのである。

景勝と君臣一体で、上杉家になくてはならぬ兼続の存在を、秀吉はそれだけ重要視していた。

「おれでよいのか」

実頼は唾《つば》を呑み込んだ。

上杉家と豊臣政権の絆《きずな》となる、重い役目であった。

「おまえならば、つとまるであろう。得意の連歌も、上方での人脈を広げるのに役立つにちがいない」

「まかせてくれ、兄者」

実頼は胸をそらせた。

人質になることは、さほど嫌ではない。当分のあいだ、越後を留守にせねばならぬのも辛くはなかった。

むしろ、

（しばらく、お栄の顔を見ずにすむ……）

しっくりしない仲の妻よりも、都の華やかな空気のほうが、実頼にはよほど好ましかった。

春日山城下をあとにするとき、鉛色の重く垂れ込めた空から、雪起こしの雷が鳴った。初雪の合図である。

海岸づたいに越中へ入ると、雪が降ってきた。

寒さは身に沁《し》みたが、胸は熱い使命感に燃えていた。

京へ着いたのは、十一月中旬。

さっそく、実頼は聚楽第の秀吉のもとへ挨拶《あいさつ》におもむいた。

「おお、来たな」

秀吉は腰を浮かせ、わが子にでも会ったように、近《ちこ》う近うと実頼を招き寄せた。

実頼が緊張しきった顔で、必死に覚えてきた賀詞をのべると、秀吉はうんうんとうなずき、

「雪のなか、そなたもご苦労であったのう」

使者の労をねぎらった。

「わしにもそなたのような弟がおる」

「は……」

「小一郎秀長《ひでなが》と申してな、愚痴《ぐち》ひとつこぼさず、わしのために裏方で働いてくれるよき弟よ。そなたと兼続はどうか知らぬが、弟は兄の陰に隠れていつも割りを食う。わしはいつも、小一郎にすまぬと思うておる」

「は……」

「そなたも才のある兄のもとで、いろいろと人には言えぬ苦労があろう。京では、国元のことは考えず、のびのびと羽根をのばすがよい」

秀吉はにこにこと笑い、朝廷に奏請して実頼を従五位下《じゅごいのげ》但馬守《たじまのかみ》に任ずるよう取りは

からうむねを告げた。

（おれが従五位下但馬守……）

胸の動悸《どうき》が激しくなった。

先年の上洛で、主君景勝は従四位下左近衛権少将に任じられている。が、執政の兼続は、まだ官位、官職をたまわっておらず、実頼は兄に先んじることになる。

（勝手に受けてよいものだろうか）

ちらりと兄の顔が脳裡《のうり》をかすめたが、

（関白殿下の仰せに逆らっては、かえって不興をこうむることになる。あとで知らせても、兄者は納得するはず……）

秀吉に下へも置かぬ扱いをされ、実頼は気が大きくなっていた。

「それから」

と、秀吉は扇で膝をたたき、

「そなたの姓」

「それがしの姓が、どうかいたしましたか」

「小国とは小さい」

「いえ、小国家は清和源氏の流れを汲む名門で……」

「小さい、小さい、小さいのう」

「………」

「わしなど、その源平藤橘《とうきつ》と並ぶ豊臣の姓を新たに創《つく》り出した。名はおのれが創るものじゃ。小国はそなたにふさわしゅうない。そなたの志は、もっと大きいと見た。これよりは、小を大にあらため、大国《おおくに》但馬守実頼と名乗るがよい」

「あ、ありがたき幸せ……」

実頼は平伏した。

意外な成り行きに気が動転したが、一方で、清和源氏を鼻にかける妻のお栄を思い、胸がすっとした。

その夜、実頼は春日山城の兄へ書状を書いた。

秀吉への拝謁はすこぶるうまくいき、とりあえず聚楽第の三ノ丸に居室を与えられたことを知らせた。大国但馬守の一件も、

(兄者が怒るであろう……)

と、想像しつつ、遠慮がちに末尾に書き添えた。

半月後、上杉家とゆかりの深い大坂天王寺《てんのうじ》の青苧《あおそ》商人が、兼続からの返書を聚楽第へ持ってきた。

実頼が秀吉から官位官職の斡旋を受けた件について、兄は怒ってはいなかった。むしろ、

「関白殿下からおまえが重んじられることは、上杉家の名誉でもある。ありがたくお受けするように」

と、好意的に評価した。

しかし、小国から大国への改姓については、

「それはならぬ」

と、兼続は言ってきた。

兄によれば、国元では主君景勝が気分を害しているらしい。おのが家臣の姓を勝手に変えられるのは、大名家の当主として、顔に泥《どろ》を塗られたにもひとしい。実頼が婿入りした、小国一族の手前もあった。

(困った……)

実頼は、景勝と関白秀吉の板挟みになったが、一度受けてしまったものを、いまさら断ることはできない。

実頼は折り返し書状を送って、兄に窮状を訴えた。

「おのれのあるじが誰か、これからはよく考えて行動せよ」

兼続は弟の軽率さを叱りつけながら、改姓は秀吉の命によるものではなく、景勝が京を発《た》つ前に命じたことにして主君の顔を立て、何とか事態をおさめた。

（国元はめんどうが多い……）

実頼は、何かとしがらみの多い国元よりも、見るものすべてが新しい京の生活に馴《な》染《じ》んでいった。

六

人質暮らしとはいえ、実頼の日常は快適だった。

監視の目があるわけではなく、聚楽第を外出して京近郊を自由に歩くことも許されている。秀吉は、信義にあつい上杉家には格別の信頼を置いており、それが実頼への厚遇となってあらわれていた。

実頼は得意の連歌を通じ、

飛鳥井雅継《あすかいまさつぐ》
聖護院道澄《しょうごいんどうちょう》
西笑承兌《せいしょうしょうたい》

安国寺恵瓊《あんこくじえけい》
里村紹巴《さとむらじょうは》
など、朝廷の公家《くげ》、僧侶《そうりょ》、文化人、他の大名家の家臣らと交友を深めていった。

都で顔を広げれば、さまざまな話が耳に入ってくることになる。上方の情報収集は、兄兼続の思惑とも一致していた。

（これがおれの仕事だ……）

実頼は自信を持った。

はじめて存在の大きな兄の陰から抜け出し、おのれ自身の足で歩きだしたような気がした。

そのせいか、京へ来てから実頼は変わった。以前のくすんだような印象が薄れ、快活に笑い、堂々と意見をのべ、水を得た魚《うお》のように積極的に行動した。物腰もあか抜け、衣服の好みも派手になった。

そんなある日のことである。

実頼の宿所を、若い女がたずねてきた。首の細い、たおやかな風情の女である。睫《まつげ》が濃く長く、板敷きにそろえた指先がはっとするほど美しかった。

「お身のまわりの世話をするようにと、関白殿下より申しつかってまいりました」

女は目を伏せたまま言った。

「関白さまが?」

「はい」

「……………」

秀吉らしい気遣いではある。

実頼が妻を国元に残してきているのを、

(不自由であろう……)

と気をきかせ、女を差し向けてきたにちがいない。

裏を読めば、実頼を女で縛りつけ、さらに深く豊臣家に取り込もうとの秀吉の意図が見えたはずだが、実頼にはそこまで考えるだけの余裕がない。

女の洗練された美しさに、一目で心を奪われていた。

「そなた、名は?」

「空蟬《うつせみ》と申します」

「空蟬か……」

「はい」

「美しい名だ。『新古今集《しんこきんしゅう》』に、つれもなき人の心はうつせみのむなしき恋に身をや変えてむ、という歌がある」

「和歌にお詳しいのでございますね」

「ただ、好きなだけだ。いにしえの業平朝臣《なりひらあそん》や西行法師《さいぎょう》のような歌は詠めぬ」

「和歌が好きな方は、お心がやさしいと申します」

女のほうも、実頼に好意を抱いたようであった。

その夜、実頼は空蟬と閨《ねや》をともにした。

妻のお栄や、いままで知ったどんな女ともちがう、たわたわとした手ざわりの、それでいて体の芯《しん》に熱いものを秘めた女であった。

「お国の越後はどのようなところでございます」

閨の床で、女が実頼の厚い胸板を指でなぞりながら聞いた。

「つまらぬところだ」

実頼は天井の闇を見つめて言った。

「ただただ、冬が辛く長い。雪の重みが、いつも胸におおいかぶさっている」

「わたくしはあまり、雪を見たことがありませぬ」

「そなたの実家《さと》はどこだ」

「紀州の新宮《しんぐう》でございます。海が碧《あお》く美しく、どこまでもひらけておりまする」

「冬になると猛々《たけだけ》しく牙《きば》を剝《む》く、越後の海とは違うのであろうな」

「紀州の海も風が強うございます」

「風なら、直江津《なおえつ》のほうが強いぞ。直江津では、風にたわめられて、松が斜めに生えている」

空蟬となら、何を話しても楽しかった。

実頼は女に夢中になり、その女を与えてくれた秀吉への忠誠心を深めていった。

それは、兄兼続の当初の望みとは少しずれていたが、豊臣家に尽くすことは結果的に上杉家のためでもある。

翌年、雪が解けると、主君景勝が直江兼続をはじめとする家臣団をひきいて上洛してきた。

上杉家は聚楽第の近く、一条戻橋《いちじょうもどりばし》に京屋敷を与えられたばかりか、在京賄料《まかないりょう》として近江国に一万石を下された。その手配をしたのは、秀吉第一の側近の石田三成《いしだみつなり》である。しかし、上方にいて根回しをした実頼の功績も大きく、

「おまえも成長したな」

兄兼続は弟を褒《ほ》めた。

実頼の人質の役目は、やがて終わりを告げた。景勝夫人のお菊御料人《きくごりょうにん》、兄兼続の妻

お船の方が上洛して、京屋敷に住まうようになったからである。

実頼が上方にいる必要はなくなったが、

「おれは越後にはもどらぬ」

と、上杉家京屋敷の隣に与えられた直江家の屋敷に留まり、そこに空蟬も迎えた。

上杉家の会津転封後、実頼は奥州南山《みなみやま》二万一千石の城主となり、いつしか上杉家で執政の兄兼続に次ぐ第二の地位を占めるまでになった。

しかし――。

慶長三年（一五九八）の秀吉の死により、実頼の得意絶頂と幸福の日々にも、少しずつ翳《かげ》が差しはじめた。

七

秀吉亡きあと、その遺児秀頼が成人するまで、
徳川家康
前田利家《としいえ》
宇喜多秀家《うきたひでいえ》

毛利輝元《もうりてるもと》

上杉景勝

の五人の有力大名――いわゆる五大老の合議制によって、天下のまつりごとが執りおこなわれることになった。その五大老を補佐するのが、石田三成以下の五奉行である。

五大老、五奉行は、秀吉生前に誓紙を差し出し、豊臣政権をもり立てていくことを誓っていた。

だが、その舌の根も乾かぬうちに、政権奪取の野望をあらわにした者がいる。筆頭大老の徳川家康であった。

家康は故秀吉の定めた禁を破り、伊達政宗《だてまさむね》、福島正則《ふくしままさのり》らと縁組をして、公然と多数派工作をはじめた。

「許せぬッ！」

上杉家随一の豊臣贔屓《びいき》である実頼は、声を荒らげて激高した。

「家康の行為は、義にそむいておる。これを捨ておいてよいものか」

「そう思っているのはおまえだけではない。五奉行筆頭の石田治部少輔《じぶのしょう》どのが、家康を糾弾する準備をすすめている」

兄の兼続も、家康の義にもとる行為に怒りを感じていた。

兼続の言ったとおり、石田三成は私的な婚姻をおこなった家康に対し、厳しい糾問《きゅうもん》をおこなった。

しかし、反家康の旗頭の三成は、その峻烈《しゅんれつ》な言動から、加藤清正、福島正則ら豊臣家子飼いの武断派の武将たちに憎まれている。彼らを巧みに取り込んだ家康は、豊臣政権で重きをなしていた前田利家の死をきっかけに、逆に三成を近江佐和山《さわやま》城蟄去《ちっきょ》にまで追い込んだ。

目ざわりな敵を排除した家康は、伏見城に入城。大坂城の幼君秀頼に代わり、天下の政務をおこないはじめた。

「会津へ引き揚げる」

兄兼続が言った。

「家康といくさか」

「忠にそむく者を見逃すのは、上杉家の義ではない。すでに景勝さまも、覚悟をかためておられる。会津へもどって合戦準備をすすめるぞ」

「その言葉を待っていた」

実頼の心は躍った。

もとより、秀吉の遺命にそむく徳川とのいくさは望むところである。自分に居場所を与えてくれた豊臣家のため、誇り高い上杉の武士《もののふ》として命惜しみをする気はない。

ただ、気がかりがひとつだけあった。

空蟬のことである。

「おれは上方を去る」

いとしい女を前にして、実頼はうめくように言った。

「いくさになるかもしれぬ」

「いくさ……」

「そなたを残していくのは辛い」

「わたくしも辛うございます。必ずもどってきて下さいますね」

「約束はできぬ」

「実頼さま……」

空蟬の肩が小刻みに震えた。

「これを」

と言って、実頼は懐の守り袋から小さなものを取り出した。

観音像だった。死んだ母のおもかげに似せて、姫川の翡翠の原石を実頼みずからが彫り刻んだものである。

実頼は連歌だけでなく、書も巧みで、こうした細工物を器用に作る才にもめぐまれている。

「母の顔を彫ったつもりだったが、こうして見ると、そなたに似ている。おれがもどるまで、これを預かっていてくれ」

「嫌でございます。わたくしを置いて行かないで……」

空蟬が、実頼の胸に飛び込んできた。

「わがままを言うな。遠い会津の空から、おれはいつもそなたを思っている」

実頼はむせび泣く女を強く抱きしめ、床に押し倒した。

慶長四年、八月三日――。

上杉勢は上方を去り、領国会津へ下った。翌年早々、直江兼続は徳川との決戦にそなえ、会津若松城下から北西一里の地に新城を築きはじめた。

――神指城《こうざし》

である。

大筒、石火矢《いしびや》（大砲）の攻撃にも耐え得る、広い水濠《みずぼり》と高石垣をそなえた輪郭《りんかく》式の大城塞《じょうさい》であった。

　実頼も築城の総指揮をとる兄のもと、小奉行として、石工《いしく》、大工、人足の差配を担当した。会津はもとより、上杉領の出羽庄内《しょうない》、佐渡からも、のべ十二万におよぶ人を集め、昼夜を分かたぬ突貫工事に汗を流した。

　この大がかりな城普請の噂《うわさ》は、ほどなく上方にいる徳川家康のもとへも伝わった。

「上杉家に不審の儀ありと、注進する者あり。当主景勝はただちに上洛し、申し開きをせよ」

　家康は、上杉家に使者を送ってきた。

　これに対し、執政直江兼続は、

「不審の儀ありとは、そちらのことではござらぬか。わざわざ上洛する必要もなし。会いたければ、そちらが会津へ下ってくればよろしかろう」

　と、上洛要請を拒否した。

　家康は上杉家征討の決意を固め、諸大名に対し、会津攻めの陣触れを発した。福島正則、加藤清正、藤堂高虎《たかとら》、黒田長政、加藤嘉明《よしあき》、細川忠興《ただおき》、池田輝政《てるまさ》ら、総勢十二万の大軍が上杉領をめざして動きだした。

　これを迎え討つ上杉方は、白河の革籠原《かわごはら》を決戦場と定め、金銀で雇い入れた傭兵《ようへい》をあわせた五万の軍勢と、六万の農兵で徳川方を待ち受けた。

八

（上杉は勝つ……）

実頼は確信していた。

なぜなら、東征軍を迎え討つべく兄兼続が立てた策は、一分の隙《すき》もない完璧《かんぺき》なものだったからである。

「奥州街道をまっすぐにすすんでくる敵先鋒《せんぽう》を革籠原に誘い入れる。しかるのち、北西の湿地に追いつめ、川の堰《せき》を切って足元を泥沼《どろぬま》にし、敵が混乱に陥っているところを一気に殲滅《せんめつ》する」

緒戦に大勝すれば、しょせん東征軍は諸大名の混成部隊である。とたんに士気が低下するのは目に見えている。さらに、同盟を約束している常陸《ひたち》の佐竹《さたけ》と連携し、兵站《へいたん》の伸びきった敵に前後から迫れば、

（勝てぬはずがない……）

歓喜の雄叫《おたけ》びのなかに、あざやかにたなびく上杉の毘の旗が、実頼の眼《まなこ》に浮かんだ。

だが――。

上杉軍が戦いに勝利することはなかった。いや、待ち望んでいた決戦そのものが幻《まぼろし》と消えた。

下野小山《しもつけおやま》の陣で、

――石田三成、挙兵す。

の報に接した徳川家康が、会津へ向かっていた軍勢を、突如、西へ返したためである。

「この機を逃す手はないッ！」

実頼は叫んだ。

「斥候《せっこう》からの知らせでは、小山に残っているのは結城秀康《ゆうきひでやす》勢二万のみという。わが五万の上杉勢をもってすれば、これを打ち破るのはたやすい。断固、徳川を追撃すべしッ」

兄の兼続も、実頼とまったく同じ意見であった。

「秋《とき》はいまだ」

兄と弟の心は、大きな目標に向かってひとつになっていた。

しかし、肝心の主君景勝がこれに反対した。

「われらが徳川勢を追えば、背後の伊達政宗が必ず動く。不用意な追撃は許さぬ」

兼続、実頼は、それでも退路を断って出撃すべきだと説いたが、一度断を下した景勝の心は動かなかった。

上杉軍は、会津へ兵を返した。

そのあいだに、徳川家康ひきいる東軍は、美濃《みの》関ヶ原の地で石田三成ひきいる西軍と決戦。戦いは、徳川方の大勝利に終わった。

その報を、直江兼続、大国実頼の兄弟は、出羽の長谷堂《はせどう》城攻めの陣で聞いた。

家康が西へ去ってから、兼続は徳川にくみする最上義光《もがみよしあき》を攻め滅ぼすべく、北へ進軍。最上方の諸城を破竹の勢いで落とし、義光の本拠、山形城の前衛である長谷堂城を包囲している最中であった。

「信じられぬ」

実頼は茫然《ぼうぜん》とした。

連歌仲間であった毛利家の使僧、安国寺恵瓊も、敗軍の将となって逃走しているという(のち捕らえられ、石田三成らとともに京の六条河原で斬首《ざんしゅ》)。

豊臣家のもっとも華やかな時代を知る実頼には、関ヶ原の敗報が夢でも見ているように遠く感じられた。

「何をぼんやりしている。撤退するぞッ」

「兄者……」

「関ヶ原の東軍勝利を知れば、最上方が勢いづく。その前に、何としても上杉領へ脱出せねば」

虚脱感のなかにある実頼と違い、兄兼続は瞬時に頭を切り替えていた。

兼続ひきいる上杉軍は、最上方の烈《はげ》しい追撃を受けながらも、兵の損失を最小限に抑えるみごとな退却戦を演じ、上杉領へ引き揚げた。

そのころ、徳川家康が大坂城西ノ丸に入り、関ヶ原合戦の戦後処理をはじめたとの情報が、会津若松へ届いた。

家康は、宇喜多秀家、長宗我部盛親《ちょうそかべもりちか》など、西軍に味方した大名八十余家の所領を没収。また、西軍の総大将に担がれた毛利輝元については、戦闘に直接参加しなかったこともあって、家の取り潰《つぶ》しはまぬかれたものの、百二十万五千石の大封から、周防《すおう》、長門《ながと》二ヶ国の三十六万九千石に減封された。

それまで大坂城に君臨していた豊臣家も、二百万石の直轄領を召し上げられ、天下人から摂津《せっつ》、河内《かわち》、和泉《いずみ》六十五万七千石の一大名に転落した。

「おいたわしや」

　実頼は、幼い秀頼のために涙を流した。

　死してなお、おのれに〝大国〟という姓と生きる自信を与えてくれた秀吉への追慕の情が、実頼の胸に色濃く残っている。

　諸大名の処分が決まり、徳川の天下が固まっていくなか、

「わが上杉家だけは、家康の非道を許してはならぬ。義こそが、先代不識庵《ふしきあん》謙信さま以来の上杉の誇りではないかやッ」

　今後の舵取《かじと》りを決める上杉重臣たちの話し合いの席で、実頼は血を吐くように訴えた。

（そうだな、兄者……）

と、賛同の言葉を信じて兄を見た。

　兼続はしばらく押し黙ったのち、

「関ヶ原のいくさで、天下の趨勢《すうせい》は決した。もはや、無用の血を流す必要はない。徳川と手打ちをし、上杉家の生き残りをはかるのが上策」

「何を血迷ったのだ、兄者。上杉家の名を朽ちさせてはならぬ。たとえ血を流しても、滅んでも、最後まで戦い抜くのが、義……」

「それは義にあらず」

　兼続の底光りする目が、弟をするどく見すえた。

「おまえは天下が誰のものか、わかっているか」

「決まっている。天下は豊臣の……」

「いや、そうではない」

　兼続はしずかに首を横に振った。

「天下は一人の天下にあらず。すなわち、天下の天下なり」

「天下の天下……」

「天下は、たった一人の支配者のためにあるのではない。民のための天下だ。国を治めるのに、もっともふさわしい者が天下人となればそれでいい」

「兄者は、その者が徳川内府《だいふ》だと言うのかッ!」

「徳川内府はおのが力で天下を引き寄せた。かつての太閤《たいこう》殿下も、そうやって天下を取った」

「それほど命が惜しいか、兄者ッ」

「意味のない死は、それを犬死にと言う。引き際を見きわめることも大事だ。おまえは上杉家を滅ぼしたいのか。われらの義は、上杉家を存続させ、不識庵さまの心をのちの世に伝えることだ」

「おれは……」

実頼は膝の上で拳を握りしめた。

言いたいことは、山ほどあった。だが、それを口にすることはできなかった。

なぜなら、子供のころから、弟《おじ》は兄に従うものだったからである。弟であることが、兄に逆らうことを実頼に禁じていた。

九

翌年、七月――。

上杉景勝は会津若松を発し、上洛の途についた。

大坂城西ノ丸で家康に拝謁した景勝は、徳川家への臣従を誓い、旧領百二十万石のうち、米沢三十万石のみを安堵《あんど》された。

厳しい減封であるが、家康に公然と弓を引きながらこの程度の処分ですんだのは、執政直江兼続が家康側近の本多正信《ほんだまさのぶ》に運動するなど、水面下で奔走したためである。

ほどなく景勝と兼続は米沢へ引き揚げていくが、大国実頼はあるじに従わず、そのまま上方に留まった。

伏見の直江屋敷では、空蟬が実頼の帰りを待っていた。

「お会いしとうございました」

女は少しも変わっていなかった。

「あなたさまのご無事を、毎日、この観音さまにお祈り申しておりました」

「観音……」

空蝉が差し出した翡翠の観音像を、実頼はうつろな目で見つめた。それを女に渡した日が、十年も、二十年も、はるか遠い過去のようであった。

あのころの自分は、

(幸せだった……)

女の手から受け取った観音像を、実頼は強く握りしめた。

「また、もとのように愉《たの》しく暮らせるのでございますね」

空蝉が実頼の胸にすがりついてきた。

実頼は、何も答えなかった。

空蝉は以前と変わっていない。だが、女では心が癒《いや》されなくなっている、深い疵《きず》を抱えた自分がいた。

(しょせん、おれは弟だ……)

実頼は酒に溺《おぼ》れるようになった。しだいに空蝉にも心を閉ざし、遠ざけるようになっていた。

その実頼の孤独など知らず、兄の兼続は徳川家との関係を強化すべく、活発な動きをつづけていた。

上杉家の生き残りのため、兼続は誰もが、

——あッ
と言うような、思い切った奇策を使った。

おのが息子の竹松《たけまつ》（のちの平八景明）を廃嫡《はいちゃく》し、本多正信の二男政重《まさしげ》を婿養子に迎えて、これに直江家の家督をゆずろうというのである。政重は本多家すなわち徳川の諜者であることを承知の上のことである。

以後、正信は上杉家に過剰なまでの好意をしめすようになり、兼続が恐れた上杉家廃絶の危機は去っていくかに思われた。

しかし——。

この話を聞いた大国実頼は、激怒した。

「そこまで徳川に媚《こ》びるか。武士の誇りを失ったか。兄者を見損なったわッ！」

兄に反発した実頼は、大坂城にしきりに出入りし、豊臣家臣の片桐且元《かたぎりかつもと》、大野治長《はるなが》らと親交を深めた。

兼続は、弟の行動に危険を感じ、

「早々に上方を退去せよ。国元へもどって、民のために領地の経営にあたれ」

と、帰国命令を出した。

それでも実頼は、兄の命を無視して上方に留まりつづけた。そうすることが、おのれの唯一の意地であった——。


事件が起きたのは、関ヶ原合戦から四年後の、慶長九年のことである。

兼続は、本多政重を婿として直江家へ迎えるため、与板組の西山庄右衛門、飯田実《じつ》相坊《そうぼう》を上方へ派遣した。

伏見屋敷にあらわれたこの両名を、実頼は斬《き》り捨てた。

(おれは、もう兄者には従わぬ……)

弟が兄に対しておこなった、はじめての強烈な自己主張だった。

実頼は伏見屋敷を出奔《しゅっぽん》。そのまま紀州の高野山《こうやさん》へ逃げ込み、上杉謙信の位牌所《いはいじょ》のある杉木立の翳が濃い清浄心院《しょうじょうしんいん》に隠棲《いんせい》した。

弟の一挙を聞いた兼続は、

「あいつには、わしの思いがついにわからなんだか」

と、北天の星を見つめて低くつぶやいた。

実頼は兄兼続の在世中、米沢へ足を踏み入れることを許されなかった。兼続の死後、米沢北郊の中小松《なかこまつ》村にもどり、元和八年（一六二二）、同地で六十一歳の生涯を閉じている。

生き過ぎたりや

上杉三郎景虎《かげとら》

一

三郎は相模《さがみ》の海を覚えている。

どこまでも果てしない大海原から打ち寄せる波は、雄渾《ゆうこん》で、おおらかで、かぎりなく美しかった。

真冬でもその海は碧《あお》く、あたたかな陽《ひ》ざしを浴びて銀粉を撒《ま》き散らしたように輝いていた。

胸いっぱいに吸い込んだ潮風の甘さを思い出すたびに、三郎はいまにも馬の背にまたがって、あの明るい海へ帰りたくなる。

だが、それは、

（しょせん、かなわぬ夢だ……）

三郎は女のように形よくととのった、薄い唇を嚙《か》んだ。

いま、憂鬱《ゆううつ》な翳《かげ》を溜《た》めた三郎の視線の先に広がっているのは、相模の海とは似ても似つかぬ昏《くら》い海である。

押し寄せる荒波が、咆哮《ほうこう》を上げて牙《きば》を剝《む》き、烈《はげ》しく岩にぶつかっている。砕けた波は白い泡と化し、風に引きちぎられるように飛沫《しぶき》となって飛び散った。

荒れ狂う海の上に、鉛色の空が重く垂れ込めている。

寒々とした真冬の日本海の景色だった。

(もう、八年か)

三郎は、この雪深い土地に来てからの日々を想《おも》った。

上杉三郎景虎《かげとら》――。

もとの名を、北条《ほうじょう》三郎という。伊豆、相模から、武蔵《むさし》、上総《かずさ》、下総《しもうさ》、上野《こうずけ》へ勢力を伸ばす関東の雄、北条氏康《うじやす》の七男である。

三郎は、相州《そうしゅう》の海をのぞむ小田原城で育った。

幼少のころより美貌《びぼう》をうたわれ、色白く、花咲き匂《にお》うような顔容《かんばせ》は、

「あれが関東一の美少年よ」

と、女はもとより、鬼のごとき荒武者にいたるまで、その美しさに心を奪われぬ者はなかった。

しかし、三郎の少年期はけっして幸せなものではない。

永禄《えいろく》二年（一五五九）、三郎が六歳のとき、父氏康は次男氏政《うじまさ》に家督をゆずった（長男は早世）。

北条家四代当主となった氏政をはじめ、三兄氏照《うじてる》（武蔵八王子城主）、四兄氏邦《うじくに》（武蔵鉢形城主）、五兄氏規《うじのり》（相模三崎城主）らは、関東一円に散らばり、領土拡大の先兵として華々しい活躍をはじめる。父は優秀な武将に育った兄たちを頼みとし、末弟の三郎などまったく眼中になかった。

氏康の側室だった母も、早くに世を去っている。三郎は肉親の愛に飢えたまま、小田原の海を見て成長した。三郎の胸に、影絵のような灰色の孤独が沁《し》みついたのは、そのころからかもしれない。

永禄四年、小田原で大きな事件があった。越後の長尾景虎（のちの上杉謙信）が、関東管領《かんれい》上杉憲政《のりまさ》の要請を受けて関東へ出兵。小田原城を包囲したのである。

「毘《び》」

の旗が関東の野にひるがえり、八歳の三郎は、

（長尾景虎とはどのように恐ろしい男なのだろう……）

と、目の前にせまる巨《おお》きな敵の影におびえた。

だが、小田原城は難攻不落の巨城である。越後の竜と恐れられる景虎も、北条一門の強固な団結と城の堅い守りの前に、さすがに攻め口を見いだせず、上越国境の深い雪が解けるころには越後へ兵を引き揚げていった。

帰国前、長尾景虎は鎌倉八幡宮《はちまんぐう》社前で、関東管領職と上杉の姓を継いでいる。

嵐が過ぎ去ったあと——。

ふたたび、小田原には平穏な日常がもどった。

元服と同時に、三郎は大叔父にあたる北条幻庵《げんあん》の婿《むこ》養子となった。

幻庵は、北条氏を興した早雲《そううん》の末子である。北条一族の長老といっていい存在で、馬の鞍《くら》作りや一節切《ひとよぎり》の名手として知られ、『古今集《こきんしゅう》』にも造詣《ぞうけい》が深い数寄者《すきしゃ》であった。

幻庵の三人の息子は、親に先立って次々と死去。跡取りがいなくなったため、本家の三郎を婿に迎えた。

幻庵の娘は、三郎よりはるかに年上だった。病弱ゆえに婚期を逸し、小田原城下郊外の久野《くの》にある幻庵の屋敷で暮らしていた。

婚礼の夜、三郎と顔を合わせた舅《しゅうと》の幻庵は、皺《しわ》の多い首をひねり、不審そうに眉《まゆ》をひそめた。

「そなた、武門の家の子にあるまじき目をしておる」

「どういうことでございます」

三郎は聞き返した。

「濁っておるのじゃ」

三郎の目にじいっと見入り、幻庵がつぶやくように言った。

「武士《もののふ》というものは、清冽《せいれつ》な谷川の水のごとき、いさぎのよい心構えが必要じゃ。朝起きたときから、その日を死ぬる日と心得る覚悟で、戦場に出ねばならぬ。しかるに、そなたの目には曇りが見える。武士として生きるには、ちと不向きであるかもしれぬのう」

幻庵はそれきり口を噤《つぐ》み、ふたたび三郎と目を合わせようとはしなかった。

（おれを嫌うておる……）

三郎は思った。

幻庵にとって、三郎は死んだ息子たちの身代わりにすぎない。家名を絶やさぬために婿にしただけで、

（心の底では、おれを厄介者《やっかい》と思うているのだ）

幻庵の言葉を、三郎はそう解釈した。

思えば北条本家にあったときから、三郎は誰《だれ》からも必要とされていなかった。大叔

父幻庵の婿養子になっても、そこが自分自身の本来の居場所でないことに変わりはない。

（おれはいったい、どうすればよいのだ……）

年上の妻との仲もうまくいかず、三郎はしだいに、心の癒《いや》しを酒にもとめるようになった。

毎夜、番人に金をつかませて小田原城の城門をひらかせ、小姓らと城下へ繰り出した。美妓《びぎ》のいる茶屋で、三郎は酒に溺《おぼ》れた。酔った勢いで、酒匂川《さかわ》へ飛び込み、川漁師と喧嘩沙汰《けんかざた》を起こしたこともある。

三郎の無軌道ぶりは、やがて城下の噂《うわさ》となり、見かねた父の氏康が、

――（大酒、夜遊びが）耳に入るに至りては、永く儀（義）絶す可《べ》く候（『北条文書』）

と、判物を与えるまでになった。

しかし、その放埒《ほうらつ》の暮らしぶりは、わずか一年でおわりを告げた。

三郎を北の国へとみちびく運命の男との出会いが待っていた。

二

「そなた、越後へ行け」

と、父氏康から告げられたのは、永禄十三年春のことだった。

ちょうど、小田原城下に植えられた梅の花が満開で、馥郁《ふくいく》とした香りが城の中までただよってくる。

「越後でございますか」

「そうだ」

氏康は切れ長の目を細めてうなずいた。

「越後の上杉家と同盟の話がすすんでおるのは、そなたも存じておろう」

「はい」

その噂は三郎の耳にも入っていた。

これまで北条氏は、甲斐《かい》の武田信玄、駿河《するが》の今川義元《よしもと》と、

——三国同盟
を結んでいた。

だが、桶狭間《おけはざま》合戦で義元が敗死して今川氏の力が減退するや、武田信玄は同盟を一方的に破棄して駿河へ進出。またたくまに駿河を奪い、境を接する北条領まで掠《りゃく》する勢いをみせた。

怒った北条氏康は、

「おのれ、信玄めッ。裏切りの代償は重いぞ」

と、信玄の宿敵である越後の上杉輝虎《てるとら》（将軍足利義輝《あしかがよしてる》の名をたまわり、景虎から輝虎に改名）との同盟を画策したのである。

息子氏政に家督をゆずったものの、氏康は相変わらず北条家の実権を握り、外交方針を決定する権限を持っていた。

氏康は、氏政の次男で五歳の国増丸《くにますまる》を越後へやり、代わりに上杉家からも人質を取ることで話をすすめていた。

「上杉家へは、国増丸をお遣わしになるのでございましょう。なにゆえ、わたくしが行かねばならぬのです」

「不審、もっともじゃ」

氏康は渋面をつくってみせた。

「じつは、氏政の内室が、幼い国増丸を雪深い越後へやるのは不憫《ふびん》と、わしに泣きついてきた。氏政も、この話には気がすすまぬらしい」

「それで、わたくしに国増丸の身代わりをつとめよと」

「身代わりではない。五歳の幼児にはつとまらぬ、大事な役目じゃ。北条と上杉の同盟が、そなたの双肩にかかっておる」

「………」

「行ってくれような」

父氏康が、さも当然のことであるかのように言った。

あらがうように、三郎は必死に声を振り絞り、

「わたくしには妻がございます。それを打ち捨てて、越後へ行けとは」

「そのほうら夫婦の不仲は聞いておる。別れたとて差し障りはあるまい。越後では、もっとそなたの気に入るような、見目うるわしい雪肌の女と添うことができようぞ」

「幻庵どのは？」

「すでに承知のうえじゃ」

「されど、父上……」

「そなたの所業は、ずいぶんと見て見ぬふりをしてきたつもりだ。これ以上の口ごたえは許さぬ」

父の声は冷たかった。

（まるで、おれは犬か猫のようだな）

三郎は心がささくれ立ってゆくのを感じた。

誰も、自分を愛していない。兄氏政夫妻が国増丸を手放したがらぬというが、本音は氏康自身が、直系の孫を人質に出したくなかったのであろう。それに比べ、素行のあらたまらない末子の三郎は、氏康にとってはるかに軽い存在だった。

十七歳の三郎は、越後へおもむくこととなった。

途中、上野国の沼田《ぬまた》城で、三郎の新たな養父となる上杉輝虎が待っているはずだった。

（輝虎か……）

三郎はふと、思い出した。

自分が八歳のとき、大軍をもって小田原城を囲んだ、あの「毘」の旗のぬしではないか。軍神刀八毘沙門天《とばつびしゃもんてん》のごとき、憤怒《ふんぬ》の形相を持った男であろうと、子供心に恐れおののいたのをおぼえている。その恐れは、あれから十年近くが経《た》ったいまも、三郎の胸に疵《きず》のように残っていた。

上州の春は、まだ浅い。

上越国境の山々には雪が残っていた。

北条家から付けられた、遠山康光《とおやまやすみつ》をはじめとする供の者二十余名を従え、沼田の近くまで来たとき、三郎は道の向こうに佇《たたず》む影に気づいた。

葦毛《あしげ》の馬にまたがった武将であった。馬の背に、緋色《ひいろ》の毛氈鞍覆《もうせんくらおおい》があざやかである。中肉中背の体に、華麗な色々縅《いろいろおどし》の甲冑《かっちゅう》を着けていた。

「あれは、輝虎公ではございますまいか」

遠山康光が三郎のそばに馬を寄せ、低くささやいた。

「まさか、上杉輝虎が……」

人質の自分を、わざわざ迎えに出ていようなどとは、三郎は思ってもいなかった。

「いや、あの毛氈鞍覆は足利将軍家より許された、輝虎公愛用のものにちがいありませぬ。みずから出迎えとは、噂どおり律義な大将にござりまするなあ」

「…………」

三郎たちが近づいていくと、輝虎は馬上でかるく目礼し、一行を先導するようにゆっくりと葦毛の馬をすすめはじめた。

背筋をのばした後ろ姿には、見る者を圧する威厳と、月光を浴びた杉の古木のごとき風格がある。

輝虎が馬を下りたのは、見晴らしのよい丘の上であった。

一面、枯れ草におおわれているが、ただ一本だけ、辛夷《こぶし》の大木が枝をのばしている。

おりしも、純白の花が満開であった。

「これへ」

と、輝虎が三郎を差し招いた。

辛夷の木の下に、梨地螺鈿《なしじらでん》の床几《しょうぎ》が二つ用意されている。そのひとつに輝虎が腰を下ろし、引き寄せられるように三郎はもうひとつの席にすわった。

輝虎が、二重瞼《ふたえまぶた》の澄んだ目で三郎を見た。

「わしには子がなきゆえ、今日よりはそなたを、血を分けたわが息子と思う」

「もったいなきお言葉……」

「それゆえ、そなたもわしを父と思い、越後を故郷と思い定めよ」

と言うと、輝虎は肩ごしに振り返り、目で合図を送った。

木の陰に控えていた前髪立ての小姓が、朱漆《うるし》塗りの銚子《ちょうし》をささげて近づいてくる。

もうひとりの小姓が、輝虎に大ぶりな七宝《しっぽう》の馬上杯《ばじょうはい》を差し出した。

それを受け取った輝虎は、

「親子の固めの杯《さかずき》だ」

と、小姓になみなみと酒を注《つ》がせ、喉《のど》をそらせて一息に飲み干した。

（みごとな……）

と、三郎が目を見はるほどの、剛毅《ごうき》にして優雅な飲みぶりだった。

「そなたも飲め」

「はッ」

からになった馬上杯を、三郎は押しいただくようにして手に取った。そこにふたたび、縁からあふれそうなほどに、白い濁り酒が注がれる。

小田原で酒浸りの日々を送ってきた三郎だが、これほどおごそかな気持ちで杯に対したことはない。

内側が金色《こんじき》に光る杯の縁に唇をつけ、無我夢中で飲み干した。

「よき飲みっぷりじゃ。それでこそ、上杉家の男子《おのこ》よ」

顔を上げると、そこに沁み入るような輝虎の笑い顔があった。

酒を飲んで褒《ほ》められたのは、生まれてはじめてといっていい。三郎は無性に嬉《うれ》しくなった。いままでは憂さを忘れるために飲んでいたまずい酒が、この瞬間から、天上の美酒に変わった。

「今日よりそなたは、三郎景虎と名乗るがよい」

「景虎にございますか」

三郎は驚いた。

景虎とは、輝虎が改名する前の若き日の名乗りにほかならない。

「そうだ」

輝虎はうなずき、

「そなたは北条家からの人質ではない。上杉の者となった証《あか》しに、わが名を与えよう」

「身にあまる幸せにございます」

そのとき、三郎は不覚にも涙を流していた。

誰からも愛されなかった自分を、大きな心で受け入れ、肉親以上の情をしめしてくれたのは、いま目の前にいる輝虎がはじめてだった。

「見よ」

と、輝虎が頭上を指さした。

「辛夷の花も、そなたの将来《ゆくすえ》を祝福しておる」

「は……」

三郎は感動に身を震わせつつ、

（一生、この漢《おとこ》についていこう……）

と、固く心に誓った。

三

上杉家の居城、春日山城に移り住んだ三郎は、ひたむきに輝虎を崇拝した。

その人と同じ、

――景虎
の名にふさわしい男になろうと思い、弓術、馬術、刀術の鍛練に励んだ。

また、輝虎が学んだという春日山城郊外の禅刹《ぜんさつ》、林泉寺《りんせんじ》に通い、住職から軍学や儒学などの教えを受けた。

そのさまを見て、

「三郎さまはお変わりになられた」

かつての三郎を知る遠山康光らが、驚きの声を上げた。

武芸、学問ばかりでなく、三郎はもともと得意であった歌舞音曲《かぶおんぎょく》にも磨きをかけた。

輝虎は美しいものが好きである。

感性がするどく、みずからのまわりにも容貌秀麗な小姓ばかりを集めている。

その輝虎の前で、三郎はしばしば舞を披露した。演目は、木曾義仲《きそよしなか》の倶利伽羅峠《くりからとうげ》の戦いを描いた『木曾』が、輝虎の好みである。

「三郎は天人《てんにん》の生まれ変わりか。世にあれほど華麗に凛々《りり》しく、『木曾』を舞《も》うてみせる者はおるまい」

輝虎は三郎の舞に称賛を惜しまなかった。

（愛されている……）

と、三郎は思った。

自身が言っていたとおり、生涯不女犯《ふにょぼん》を誓っている輝虎に実子はない。このままいけば、「景虎」の名をゆずられた三郎が、上杉家の家督と関東管領職を継ぎ、輝虎が北越から北関東に築いた広大な版図《はんと》を手にするはずだった。

だが、三郎に領土欲はさほどない。越後へ来て何より嬉しかったのは、これまで探しあぐねていたおのれの居場所を見つけたことだった。

輝虎が北条家から来た養子を寵愛《ちょうあい》しているのを知り、上杉家に仕える越後の国人《こくじん》たちも、先を争って三郎に近づいてきた。

「これは、宮中にも献上する三面川《みおもて》の鮭《さけ》にござります。景虎さまに、ぜひともご賞味いただきたく」

「越後上布《えちごじょうふ》でございます。どうぞ、夏の衣装にお使い下され」

何も求めずとも、人と物が三郎のまわりに集まった。女たちは、関東一の美少年と言われた美貌の三郎に恋い焦《こ》がれ、文を送ってくる者も後を絶たなかった。

（越後へ来てよかった……）

と、三郎は心の底から思った。

養子になって二年後、三郎の実家の北条家は上杉家との同盟を破棄し、断交している。それでも、三郎は越後に残った。北条家へもどったとしても、おのれの居場所はない。敬愛する輝虎のもとで、自由に羽根を羽ばたかせているほうが、よほど幸せだった。

ただし、雪国越後の冬の寒さと、牙を剝いて荒れる海の猛々《たけだけ》しさだけは、どうしても好きになれない。

あるとき、三郎は酒の席にはべりながら輝虎に言ったことがある。

「甲斐の武田家を破り、駿河へ軍をすすめ、東海へ出られませ。越後の海とはちがい、山の向こうの海は、明るうございます。城も、かような北風の吹きつける山の上ではなく、陽射しの穏やかな久能山《くのうざん》にでも築かれてはいかがでございますか」

「そなたは越後の海が嫌いか」

「嫌いです」

こればかりは挑むような目つきで、三郎は言った。

「夏は碧《あお》い玻璃《はり》のように冷たく透き通って美しゅうございますが、冬には船も出せぬほど荒れ狂いまする。あの轟々《ごうごう》という風の音と海鳴りが耳につき、夜も満足に眠ることができませぬ」

「厳しい冬があるからこそ、春の喜びがある。越後の者はみな、雪のなかで春を待つ心を大事にして暮らしておる」

「待つよりも、雪の降らぬ国へまいられたほうがよろしゅうございましょう」

「それでは、そなたの実家、北条家と大いくさになろう」

「そうなってもかまいませぬ。わたくしが先鋒《せんぽう》として、小田原へ攻め込みましょう」

三郎はむきになって言った。

輝虎はけむるように目を細めて笑い、愛用の馬上杯を口に運んだ。

越後の海とともに、三郎がこの春日山城下でもうひとつ嫌いなものがあった。

いや、ものではなく、人である。

三郎が輝虎の養子になって五年後、上杉家にもうひとりの養子が迎えられた。越後魚沼《うおぬま》郡、坂戸《さかど》城主長尾政景《まさかげ》の子、喜平次顕景《きへいじあきかげ》である。

政景の妻仙桃院《せんとういん》は、輝虎の姉にあたり、その子の喜平次顕景は輝虎の実の甥《おい》ということになる。

喜平次の父政景は、永禄七年、野尻《のじり》ノ池で舟遊びの最中、刃傷沙汰となり不慮の死を遂げた。以来、幼少の喜平次を仙桃院がもり立て、領地の経営を取り仕切ってきた。

三郎は上杉家に入るさい、この喜平次の姉の華姫《はなひめ》――すなわち、輝虎の姪《めい》を妻に娶《めと》っている。上杉家とのつながりを強固にするための婚姻であったが、夫婦仲はすこぶるよく、二人のあいだには道満丸《どうまんまる》という男子も生まれていた。喜平次と華姫の母である仙桃院も、いまは実城（本丸）に近い二ノ曲輪の、通称さぶろう殿屋敷に同居し、何くれとなく世話をしてくれている。

剃髪《ていはつ》して名を改めた不識庵《ふしきあん》謙信から、

「喜平次を養子にする。ともに手をたずさえ、わが力となってくれ」

と言われたとき、三郎は後ろ頭をいきなり鉄尖棒《かなさいぼう》で殴られたような激しい衝撃を受けた。

（跡継ぎの養子は、ひとりで十分ではないか。なにゆえ、お屋形《やかた》さまは……）

だが、三郎の思いとかかわりなく、謙信は喜平次を坂戸から春日山城へ呼び寄せ、

——上杉弾正《だんじょう》 少弼《しょうひつ》景勝
を名乗らせた。

弾正少弼は、謙信のかつての官職名である。一方の養子の三郎には景虎の名を与え、もうひとりの養子の景勝には、おのが官職名を与えたのである。

「お屋形さまのお気持ちがわからぬッ」

三郎は叫ばずにいられなかった。

喜平次景勝は、眉目《びもく》秀麗な三郎景虎とは対照的に、首が太く顔の大きなお世辞にも美男とはいえぬ男だった。

しかも、つねに苦虫を嚙み潰《つぶ》したような表情をしており、口が重く、めったに笑うことがない。

——今度のご養子さまは金仏《かなぶつ》か。

と、城中の家臣たちのあいだで噂されるほどである。

三郎は、上杉家の家督争いの敵としてあらわれた金仏のような男も嫌いだが、もうひとり、もっと忌み嫌う相手がいた。

それが、景勝に仕える樋口与六兼続《ひぐちよろくかねつぐ》（のちの直江兼続）という若者であった。

四

（越後へ来てから、八年になるのか……）

長い物想いにふけっていた三郎景虎は、冬の海風のせいで、総身が氷柱《つらら》のように冷たくなっているのを感じた。

「三郎さま、かようなところにおられましたか」

雪に埋もれた郷津《ごうづ》の湊《みなと》に立ち尽くして海を眺めていた三郎に、背後から遠山康光が声をかけてきた。

「お風邪《かぜ》を召されまするぞ。おひとりで、何をしておられました」

「海を見ていただけよ。小田原はいまごろ、梅が咲き匂っておろうな」

「この春には、謙信公が関東出陣の陣触れを発せられるのでありましたのう。三郎さまも、むろん遠征の勢に加えられるのでありましょうな」

「おれは上杉家の跡取りよ。実家の北条家相手のいくさだとて、手加減はせぬ。大手柄を立て、お屋形さまに喜んでいただかねば」

「その跡取りの件にございますが」

康光が吹きつける風に首をすくめて、うすら寒そうな顔をした。

「三郎景虎さまと喜平次景勝さま、謙信公のまことのお心は、いずれにあるのでござりましょうや」

「つまらぬことを聞くな」

三郎は色をなした。

「さようなこと、決まっておるわッ」

肩に羽織った深紅の天鵞絨《ビロード》の洋套《マント》をひるがえし、葦毛の馬にまたがった。

天鵞絨の外套と葦毛の馬は、三郎が養父謙信のいで立ちを真似《まね》て用いているものである。

——不遜《ふそん》な……。

と、家中では眉をひそめる者も多かったが、南蛮《なんばん》渡来の天鵞絨の外套は、三郎のしなやかな体によく似合った。

郷津の海岸から一里離れた春日山城へ馬を疾駆《しっく》させながら、

「くそッ!」

「くそッ!」

三郎は顔をゆがめ、風に向かって何度も叫んだ。

胸中に怒りと焦りが渦巻《うずま》いていた。

（上杉家を継ぐのはおれだッ。おれしかおらぬ……）

おのれに言い聞かせた。

謙信の慈父のごとき愛だけが、越後では他国者《よそもの》の三郎にとって、唯一の頼みの綱だった。

だが、かつては揺るぎなかった謙信の愛が、いまは不確かに翳りを帯びだしているように見える。それが三郎を焦らせ、苛立《いらだ》たせていた。

原因は、喜平次景勝の近習《きんじゅう》樋口与六兼続にあった。

あるじの景勝に付き従って春日山城へ入った兼続は、その凛々しい風貌と、爽《さわ》やかな弁舌、目から鼻へ抜けるような聡明さで、たちまち謙信第一のお気に入りとなり、家中の注目を集める存在となった。

以前は、謙信の酒の相手はもっぱら三郎がつとめたが、近ごろでは兼続が呼ばれることのほうが多い。

話によると、謙信は兼続を相手に、将としての心構えや人のあるべき道などを語り、学問では括《くく》りきれぬさまざまな教えを授けているという。

（お屋形さまは、おれにはさようなことをなされなんだ……）

もともと謙信は、有為な若い人材を好み、酒を片手に軍学談義などをする癖があったが、それにしても兼続への入れ込みようは尋常ではない。

三郎は関東一の美少年ともてはやされて久しいが、この天正《てんしょう》六年（一五七八）の正月が明けて、はや二十五歳になった。それに比べ、兼続は十九歳。

城中ですれ違うことなどがあると、そのみずみずしい肌の張り、身のこなしの俊敏さ、そして何よりも、恐れを知らぬ双眸《そうぼう》の輝きに、三郎はうずくような嫉妬《しっと》をおぼえずにいられない。

上杉家の世継ぎ争いで、三郎は喜平次景勝より優位に立っていると思ってはいるが、その近習の樋口与六兼続が、謙信の耳に讒言《ざんげん》を吹き込み、自分を追い落としにかからぬともかぎらない。

（小賢《こざか》しい才子め。あやつさえおらねば、おれは……）

いつしか、風に雪がまじりだしていた。

横なぐりの雪が、外套をまとった三郎の体を真っ白に染めた。

「お屋形さまの跡継ぎはおれだ。そうだな、康光ッ！」

「はッ、何でござります」

三郎の悲痛な叫びは風の音にかき消され、遠山康光の耳に届かなかった。

「くそッ」

雪道に足をとられる葦毛の尻《しり》を、三郎は狂ったように何度も鞭《むち》でたたいた。

やがて、吹きつける風と雪のかなたに、春日山城の影が墨絵のようにうっすらと見えてきた。

五

このころ、上杉謙信は絶頂期にあった。

前年、長続連《ちょうつぐつら》の立て籠《こ》もる能登七尾《ななお》城を攻略。援軍として駆けつけた織田勢を、加賀手取川《てどりがわ》で撃破し、北陸路の越中、能登、加賀を手中におさめた。

——(織田軍は)案外に手弱い様体。この分に候わば、向後天下までの仕合わせ心安く候。

と、謙信の書状にある。

織田軍は意外に弱く、この勢いならば、天下に号令をかけることも夢ではなかろうと、謙信は書いている。

一度、関東へ出陣して、上杉方についている上野、下総方面の諸将の引き締めをおこなったのち、

（次は、京だ……）

謙信は視線を上方へ向けていた。

目下のところ、群雄にさきがけていち早く上洛《じょうらく》を果たした織田信長が、京を制している。だが、手取川の戦いで織田勢があっけなく敗れたことからもわかるとおり、実力は信長よりも謙信のほうが上だった。

（御門《みかど》、将軍を奉り、麻のごとく乱れた天下に泰平を招来する……）

謙信の胸は高鳴っていた。

だが――。

それは、かなわぬ夢となった。

関東への出陣準備をすすめている最中、突如、病魔が謙信を襲った。

「お屋形さまがお倒れになったとッ！」

その一報を聞いたとき、三郎はわが耳を疑った。

「はい」

息せききって駆けつけた遠山康光が、青ざめた顔でうなずいた。

「城内の厠《かわや》で、倒れられたそうにございます」

康光が聞いたところによれば、謙信は厠で昏倒《こんとう》して人事不省におちいったという。おそらく、脳溢血《のういっけつ》であろう。

御典医がそばについて手当をおこなっているが、謙信は昏睡をつづけている。

（お屋形さま……）

刺しつらぬくような痛みが、三郎の頭頂からつま先へするどく駆け抜けた。

三郎はすぐさま、謙信の寝所へ駆けつけた。すでに、謙信の姉の仙桃院、一族の女たち、重臣らが深刻なおももちで病床をかこんでいる。

喜平次景勝と、近習の樋口兼続もいた。

（陪臣《ばいしん》のぶんざいで……）

三郎は兼続を睨《にら》みつけ、人をかき分けて謙信の枕頭《ちんとう》に座を占めた。

「お屋形さま、三郎でございます。お目をおあけ下され」

三郎は謙信の手を取り、必死に呼びかけた。

「お屋形さま、お屋形さまッ！」

「三郎どの、お控えなされよ。お屋形さまはご病人にございます。さように強く揺すっては、お体に障りがありましょう」

仙桃院がぴしりと言った。

三郎の妻の母だが、仙桃院は喜平次景勝の生母でもある。景勝付きの兼続を幼少のころから可愛《かわい》がり、ことのほか目をかけている女人だった。

(やはり、ここにおる者どもは、みな敵か……)

三郎はあらためて、この越後という異国で、おのれがいかに孤独な存在であるかを実感した。


それから四日後——。

不識庵謙信は、ついに意識がもどらぬまま、四十九歳で世を去った。

その夜、三郎は春日山城二ノ曲輪にある自室に閉じ籠《こ》もった。

(死のう……)

と、思っていた。

自分は謙信という義侠《ぎきょう》心の篤《あつ》い漢《おとこ》と出会い、そして心を救われた。その人に惚《ほ》れ抜き、故郷の小田原へもどるより、雪深い越後で生きる道を選んだ。

だが、三郎のただひとつの心の拠《よ》りどころだった謙信が死んだ。

いまさら小田原へはもどれない。さりとて、謙信のいない越後で、あの昏い真冬の海を見つめながら暮らすことを考えると、奈落《ならく》へ落ちてゆくような暗澹《あんたん》たる思いに胸が閉ざされた。

東国には殉死《じゅんし》のならいがある。

あるじが死ぬと、その恩を蒙《こうむ》った股肱《ここう》の臣は、追い腹を切って忠義をつらぬきとおす。三郎は上杉家の家臣ではなく、他家から来た養子だが、謙信に対する敬慕の念は誰にも負けぬと思っている。

三郎は裏庭の井戸で体を清めると、白装束にあらためた。書院の床《とこ》の間《ま》を背にして正座し、短刀を抜き放つ。

養子になるさいに謙信からゆずられた、来国光《らいくにみつ》の名刀だった。

地沸《じにえ》が厚くついた刃が、死を覚悟した三郎の目に、紫色に光って見えた。

「お屋形さま、三郎もお供つかまつります」

一息に、短刀を腹に突き立てようとしたときである。

「早まってはなりませぬ」

三郎の腕を、背後から押さえる者があった。

「離せッ！」

振り払って腹を切ろうとするが、その者の手が鳥黐《とりもち》のように張りつき、行動の自由がきかない。

「離せ。離せと言うに……」

「烏滸《おこ》なお考えをお改めになるまで、この手は離しませせぬぞ」

はじめは遠山康光かと思ったが、その粘ついた低い声は、三郎がついぞ聞いたことのない声だった。

「そなた、何者」

「お兄上、北条氏政さまよりつかわされた者にございます」

「兄の手の者だと……」

「はい」

意外な返答に三郎の肩の力が抜けたのを見て、その者が化鳥《けちょう》のようにすばやく後ろへ跳んだ。

振り返ると、柿《かき》色の衣を着て頭に兜巾《ときん》をつけた山伏姿の男が、片膝《かたひざ》をついて部屋のすみに控えている。

「風魔《ふうま》か……」

「いかにも、風魔小太郎にございます」

男は低くつぶやいた。

箱根にほど近い、小田原城下郊外の風祭《かざまつり》の里に、

——風魔

なる忍びの一党が棲《す》み、北条氏に飼われて、間諜《かんちょう》、火付け、戦場の後方攪乱《かくらん》に暗躍していることは、三郎も知っていた。また、風魔の首領は、代々、小太郎なる名を継承しているとも聞く。

目の前にいるのは、鼻が高く、目が碧い、烏天狗《からすてんぐ》のような異相の持ち主であった。

「風魔の首領が、おれに何の用だ」

三郎は男を睨んだ。

男は乱杭歯《らんぐいば》を剝き出して、声もなく笑い、

「氏政さまから、あなたさまの身辺に目を配っておるようにと命を受けておりました」

「兄上とは、とうに縁を切っておる。いまさら何を……」

「いえ」

風魔の首領は首を横に振り、

「あなたさまは歴とした北条家のお血筋にござります。縁もゆかりもない謙信のために追い腹を切るなど、無用のこと。それゆえ、お止め申し上げました」

「お屋形さまは、まことの父以上の存在だ。そのお方のために腹を切って、何が悪い」

「どうやら、何もご存じないようでございますなあ」

風魔小太郎が笑った。

「謙信がなにゆえ、血のつながりのないあなたさまを、養子として越後へ留め置いたと思われまする」

「それは、おれに上杉家をゆずるためではないか」

「ちがいますな」

「何……」

「謙信は、三郎さまを跡継ぎにする気など、毛頭ござらなんだ。越相同盟が破れたあとも、三郎さまを手元に置いたのは、同盟の条件だった上野国の割譲、および関東管領職を謙信が継ぐことを、北条方にみとめさせんがため。三郎さまが、謙信の後継者候補として越後におれば、お兄上の氏政さまも、いずれは北条の血筋が上野と管領職を手に入れるであろうと思い、うかつに手出しなされぬではございませぬか」

「お屋形さまは……。さような策謀家ではない」

三郎は声を震わせた。

「どうでございますかな。謙信は義に篤き人といいながら、あれでなかなかのしたたか者。その証拠に、三郎さまを養子に迎えておきながら、ご自分の血を分けた甥を、もうひとりの養子に迎えているではありませぬか。あれは、いずれ三郎さまを追い出し、喜平次景勝とやらに家督をゆずろうという、謙信の奸策《かんさく》にほかならず」

「言うなッ、聞きとうない」

あわてて両耳をふさいだが、三郎の心はすでに、風魔小太郎のささやきで冬の海のようにかき乱されていた。

来国光の短刀が、三郎の手からすべり落ちた。

六

謙信の葬儀が終わると、越後で内乱が勃発《ほっぱつ》した。
世に言う、
――御館《おたて》の乱
である。
謙信が遺言を残さずに死んだため、三郎景虎と喜平次景勝、二人の養子にそれぞれ越後国衆がつき、国を二分しての戦いがはじまった。

先手を打ったのは、景勝方である。

剽悍《ひょうかん》をもって知られる景勝の直臣団上田《うえだ》衆が、夜中、春日山城の実城《みじょう》(本丸)を占拠した。

実城には三重櫓《やぐら》があり、そこには謙信が残した二万両を超える莫大《ばくだい》な遺金がたくわえられている。

いち早く、軍資金を確保した景勝方に対し、三郎景虎方は、住まいしていた春日山城二ノ曲輪にある米蔵を押さえた。

(金があったとて兵糧がなくば、いくさはできまい。戦いは、おれの勝ちだ……)

三郎は景勝とその臣樋口兼続を憎み、養父謙信が築き上げたものを独占することに執念を燃やした。

しかし、実城を占拠した景勝方は、三郎のいる二ノ曲輪に上から矢弾《やだま》を浴びせ、戦いを有利に展開した。

三郎は事態を打開するため、二ノ曲輪のさぶろう殿屋敷を捨て、春日山城の北方、二十七町(約三キロ)のところにある御館に移った。

御館は、北条氏に圧迫されて越後へ逃れてきた当時の関東管領上杉憲政のために、謙信が造営した政庁である。

二重の土塁と水濠《みずぼり》がめぐらされており、まわりに多くの武家屋敷が建ち並んでいた。

この御館に、三郎は妻の華姫、嫡子道満丸、姑《しゅうとめ》の仙桃院を連れて立て籠もった。

先住者である上杉憲政は、

（迷惑な……）

と思ったが、口に出して拒むことはできない。

三郎は、三国《みくに》街道沿いの直峰《のうみね》城に兵を入れ、春日山城の景勝方と、その根拠地である魚沼の坂戸城との連絡を遮断した。同時に、風魔小太郎を相州小田原へ走らせ、実家の北条家へ支援を要請した。

「みな、おれを利用してきたのだ。今度は、おれが人を利用する番よ」

三郎は、指呼《しこ》の間に見える春日山城を仰いで高笑いした。

三郎が春日山城の米蔵から米を持ち出し、直江津《なおえつ》、郷津の二つの湊を押さえたため、景勝方は深刻な兵糧不足におちいった。

戦いは、三郎景虎の御館方が優位に立った。

「小田原のお兄上から援軍がまいれば、勝利は間違いございませぬな」

遠山康光が言った。

「戦いに勝ったなら、おれは上杉の名を捨てるつもりよ」

「捨ててどうなさいます」

「北条を名乗る。さすれば、関東はもとより、北陸まで北条の領国となる」

「お兄上が喜ばれましょうな」

「兄のためではない。東国を治める関東管領は、このおれだ」

三郎は得意満面だった。

だが、兄氏政からの援軍はなかなか来なかった。

北条よりも先に、越後へ乗り込んできたのは、甲斐の武田勝頼《かつより》である。北条氏政は、みずからは動かず、同盟を組んでいた武田を動かし、越後の騒乱をさらに拡大させて、上杉家を崩壊させようとしていた。

三郎は、その兄の思惑を知らない。

信濃《しなの》路から北国《ほっこく》街道を北上した三万の武田軍は、春日山城までわずか五里の近さにまで迫った。

「兄上は何をしておるッ。いま、武田とともに春日山城を攻めれば、三日も経ずして落ちようものを」

三郎は矢継ぎばやに使者を送ったが、北条軍が三国峠を越えたという知らせは届かなかった。

この状況に、いままで鳴りをひそめていた春日山城の景勝方が動いた。謙信の愛弟子《まなでし》である樋口兼続が、宿敵武田との同盟を画策。黄金一万両、上野国の割譲という思い切った条件で、ついに武田勝頼の同意を取り付けた。

春日山城に迫っていた武田軍は、撤退をはじめた。

「何があったというのだ……」

味方と信じきっていた武田勢に去られ、三郎は茫然《ぼうぜん》とした。

三兄氏照ひきいる二万の北条軍が、ようやく越後に到達したのは、武田軍が引き揚げたあとだった。

北条軍は樺沢城《かばのさわじょう》へ入り、そこを拠点に魚沼郡内の諸城を攻略。さらに、三国街道をすすみ、御館に立て籠もっている三郎と合流するはずだった。

しかし、景勝方の要請を受けた武田勢が、千曲川《ちくまがわ》沿いの市川谷から、ふたたび越後へ侵入。北条軍の行く手をふさいだ。

やがて、雪の季節がめぐってきた。

越後の丈余《じょうよ》の雪のなかで、戦いの続行は不可能である。北条軍の大将氏照は、弟氏邦を樺沢城に留守将として残し、みずからは関東へ兵を返した。

年が明けた天正七年二月、雪が引き締まって、軍勢が動けるようになると、坂戸城の上田衆が樺沢城を急襲。城は陥落し、氏邦はまだ雪の残る峠を越えて関東へ逃げ帰った。

戦況は一変した。

三郎は、孤立無援となった。

妻帯していなかった喜平次景勝が武田勝頼の妹菊姫を娶る約定が決まり、武田との結びつきを固めたこともあり、御館方から脱落する者が続出。その多くは春日山城へ走り、士気はいちじるしく低下した。

そのころ、三郎は酒浸りになっていた。

苦くてまずい酒だが、酔いに身をまかせなければ、おのれを取り巻く苛酷《かこく》な現実から目をそらすことができなかった。

三郎は大酒をたしなめた近習のひとりを、酔いにまかせて斬り捨てた。それを見た家臣が、一人去り、二人去り、まわりから次々と消えていった。

ほどなく――。

喜平次景勝ひきいる三千の勢が、春日山城を出陣。怒濤《どとう》のごとく山を駆け下り、御館を取り囲んだ。もはや、落城は時間の問題である。

一縷《いちる》の望みを託し、和解の仲介を頼んだ上杉憲政と、わが子道満丸が四ツ屋砦で斬殺されるに及んで、三郎は絶望感に打ちのめされた。

雪が解けた頃合いを見て、三郎は夜陰にまぎれ、御館を脱出した。

従う勢は、わずか百騎。

途中、景勝方の追撃をかわしつつ、北国街道を南へ向かった。信州を抜け、碓氷《うすい》峠《とうげ》を越えて、生まれ育った関東へもどるつもりだった。

（なぜ、こうなってしまったのだ）

むなしさが込み上げた。

あの上州沼田で謙信の出迎えを受けた日が、つい昨日のことのように懐かしく思い出される。満開の辛夷の花の下で、謙信と固めの酒を酌み交わした。生まれてはじめて、人の情けを感じた瞬間であった。

（お屋形さまのあとを追って、腹を切るべきであったか……）

馬を休めた川のほとりで、ふと頭上を見上げると、そこに辛夷の花が咲いていた。目に沁み入るように白い花だった。

「お屋形さま」

三郎は何かをもとめるように、辛夷の花に手をのばした。

生涯、自分を裏切らなかったのは、やはり謙信ひとりではなかったか――。

その後、三郎景虎は鮫ヶ尾城《さめがお》へ逃げ込んでいる。城主の堀江宗親《ほりえむねちか》は御館方の武将であったが、もはや敗将についても利はないと思い、三郎が入った居館を押しつつんで攻めかかった。

降りそそぐ矢弾のなか、追いつめられた三郎は、

「生き過ぎたりや」

とつぶやき、口元に寂しい笑いを浮かべると、来国光の短刀で自刃して果てた。

享年、二十六。

三郎景虎を供養している、鮫ヶ尾城にほど近い勝福寺《しょうふくじ》では、毎年、三郎の命日になると、白い辛夷の花を位牌《いはい》にそなえる古雅な風習がある。

蒼山 螢

永遠を生きる皇帝の専属絵師になりました

書き下ろし

定価814円（税込）978-4-408-55928-5

あなたに千年の命を——大切な人への願いは不死の呪いに。不老長寿の皇帝と出会った絵師・転生姫は、過去の因縁を断ち切れるのか。溺愛の後宮ファンタジー!!

井川香四郎

夜《や》叉《しゃ》神《じん》の呪い

浮世絵おたふく三姉妹

書き下ろし

定価836円（税込）978-4-408-55929-2

江戸市中に夜毎出没し、人の生き血を吸うと噂される赤髪の夜叉神。人気水茶屋「おたふく」の看板娘は、その正体解明に挑むが……。人気シリーズ最新作！

泉 ゆたか

うたたね湯呑《ゆのみ》

眠り医者ぐっすり庵

書き下ろし

定価825円（税込）978-4-408-55930-8

藍が営む茶屋の千寿園は赤字寸前。次の一手で思いついた土産物は茶の器だが…。一方、兄の松次郎が身を隠すぐっすり庵の周辺には怪しげな人物が現れて——。

実業之日本社文庫

ります。

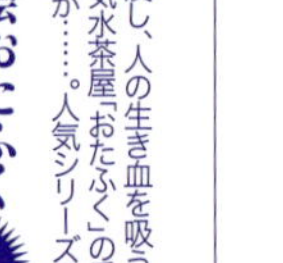

©山下以登

西村京太郎

十津川警部 西武新宿線の死角 新装版

定価825円（税込）978-4-408-55933-9

西武新宿線高田馬場駅のホームで若い女性が刺殺。前年の北陸本線の特急サンダーバード脱線転覆事故との交点を十津川と西本刑事が迫る！

火坂雅志

上杉かぶき衆 新装版

没後10年

定価902円（税込）978-4-408-55934-6

天下御免のかぶき者・前田慶次郎や大国実頼、水原親憲など、直江兼続の下で上杉景勝を盛り立てた「もののふ」を描いた「天地人」外伝。

南 英男

刑事図鑑 逮捕状

定価902円（税込）978-4-408-55936-0

政治家の悪事を告発していた人気ニュースキャスターが自宅の浴室で殺された。何者かの脅迫を受けていたらしいが……警視庁捜査一課・加門昌也の執念捜査！

推し本、あ

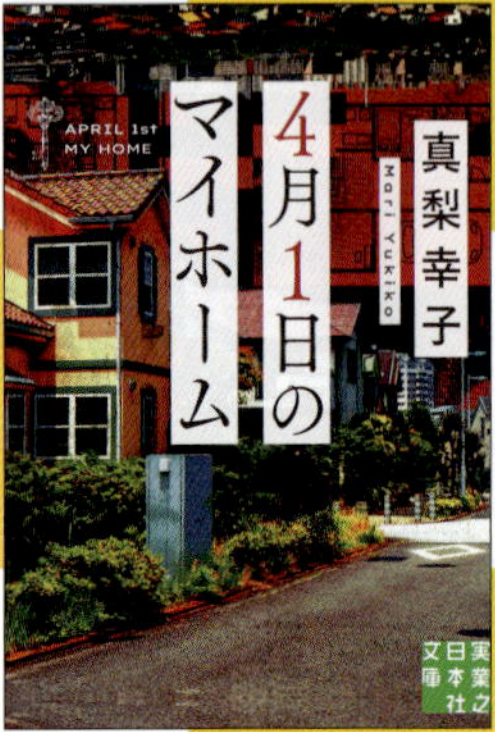

定価902円（税込）978-4-408-55935-3

真梨幸子

4月1日のマイホーム

新居で起きた惨劇は〈エイプリルフール〉のせい？

新築の我が家は事故物件!? エイプリルフールに引っ越した分譲住宅で死体発見、トラブル続出。土地の因縁かそれとも……中毒性100パーセントミステリー！

いぬじゅん

終着駅で待つ君へ

残された時間、あなたは誰に、何を伝えますか？

そこは奇跡が起きる駅――改札を出ると、もう二度と会えないはずの「大切な人」が待っていて……。絶対号泣!! 心揺さぶるヒューマンファンタジーの最高傑作。

定価902円（税込）978-4-408-55931-5

書き下ろし

※定価はすべて税込価格です（2025年2月現在）13桁の数字はISBNコードです。ご注文の際にご利用ください。

甲斐御料人

上杉景勝の妻

一

甲斐《かい》の名将武田信玄には、多くの妻妾《さいしょう》がいた。

正室は、京の公卿《くぎょう》三条家から嫁いだ三条夫人。信玄とのあいだに、長男義信《よしのぶ》ほか、三男二女をもうけている。

側室のなかには、信玄が平定した信濃《しなの》の名家の娘が多い。家督を継いだ四男勝頼《かつより》の生母、諏訪御料人《すわごりょうにん》。七男信清《のぶきよ》を産んだ禰津《ねつ》夫人。いずれも、近国に聞こえた美女として知られている。信玄は、美形好みであったのだろう。

菊姫《きくひめ》の母、武田一門の油川信友《あぶらかわのぶとも》の娘であった油川夫人も、甲斐一と言われるほどの美貌《びぼう》の女人であった。

「姫さまはお母上に似て、お美しゅうおわします」

菊姫は幼いころから、まわりにかしずく侍女たちにそう言われて育った。

本当かどうか、菊姫にはわからない。

たしかに母は、

(吉祥《きっしょう》天女のような……)

たわたわとした優艶《ゆうえん》な顔立ちをしていると思う。

同じ母の腹に生まれた兄の仁科五郎盛信《にしなごろうもりのぶ》、妹の松姫《まつひめ》も、絵から生まれ出たような美形で、しかも聡明をうたわれていた。

(わたくしは、どうかしら……)

菊姫は鏡を見るたびに首をかしげる。

きめこまやかな肌の白さや、まっすぐ通った鼻筋が母に似ているのは事実だが、切れ長な一重《ひとえ》の目、引きしまった薄い唇に気性の強さがあらわれ、どちらかと言えば父信玄の血を色濃く受け継いでいるのではないかと思われた。

父の信玄は子煩悩《ぼんのう》で、菊姫と松姫を膝《ひざ》に乗せては、やわらかな黒髪をいとおしむように撫《な》で、

「いつまでも童女《わらべ》のまま、そのほうらを手元に置いておきたいものよのう」

と、口癖《くちぐせ》のように言った。

だが、それはあくまで内向きの家庭人としての言葉に過ぎず、天下に野望を抱く冷

徹な政治家の信玄は、娘たちを次々と政略に利用した。

正室三条夫人を母とする長女は、小田原の北条氏政《うじまさ》のもとへ嫁いでいる。のちに黄《おう》梅院《ばいいん》と呼ばれるこの姫は、甲相駿の三国同盟を信玄が一方的に破棄したとき、北条家を離縁されて実家へもどるという悲運を味わった。

松姫も、父のために政略の具とされた。

七歳のとき、松姫は婚約した。相手は、尾張《おわり》の織田信長の嫡男奇妙丸《きみょうまる》（のちの信《のぶ》忠《ただ》）である。

「おかしな名ね」

松姫はころころと笑いころげながら、姉に言った。

婚約といっても、花嫁が七歳、花婿《はなむこ》の奇妙丸が十一歳の幼さでは、正式な婚礼を挙げるわけにはいかない。この婚約は武田軍の尾張進出を恐れる信長が懇願したものであり、信玄も信濃全土の平定と越後《えちご》の上杉謙信との戦いに専念するため、信長側の申し出を利用した。

むろん、幼い娘たちはそうした父の思惑を知るよしもない。

成長するにつれ、松姫はまだ見ぬ花婿への憧《あこが》れを大きく膨らませた。

「侍女たちの噂《うわさ》では、奇妙丸さまは文武にひいでた、とても凛々《りり》しい若君だそうよ。

まるで、『源氏物語』の光君《ひかるのきみ》のような」

「おまえがうらやましい」

妹の思いがそのままのりうつり、菊姫は瞳《ひとみ》を陶然とさせた。

正室の三条夫人が公家の出だということもあり、躑躅ヶ崎館《つつじがさきやかた》の奥御殿の女たちは、日ごろから『源氏物語』や『伊勢物語』に馴《な》れ親しみ、京風のみやびな素養を身につけていた。

また、あるじの信玄も文学への造詣《ぞうけい》が深く、ことに漢詩を得意として、情感にあふれた詩をいくつも残している。

菊姫は、父の作った「薔薇《しょうび》」という詩が好きだった。

庭下留春暁露濃
浅紅染出又深紅
清香疑自昆明国
吹送薔薇院落風

(庭下に春を留《とど》めて、暁露《ぎょうろ》濃《こま》やかなり。浅紅染め出《いだ》す、又深紅《じんこう》。清香《せいきょう》疑うらくは、昆《こん》明《めい》国よりす。吹き送る薔薇、院落の風)

漢詩を読むのは、女子のたしなみではなかったが、菊姫は父の許しを得て、甲斐恵《え》林《りん》寺《じ》の住持快川紹喜《かいせんじょうき》から漢文を習い、書物を読みふけったりもした。

そんな菊姫にも、縁組が持ち上がった。

元亀《げんき》元年（一五七〇）、菊姫十三歳のときである。

このころ信玄は、将軍足利義昭《よしあき》を奉じていち早く入京を果たした信長を目ざわりに思うようになっていた。近江の浅井長政《あざいながまさ》、越前の朝倉義景《よしかげ》、畿内の三好《みよし》三人衆、石山本願寺の顕如《けんにょ》らと結んで信長包囲網を形成した信玄は、政略の一環として、菊姫を本願寺傘下にある長島願証寺の左堯《さぎょう》のもとへ嫁がせることを決めたのである。

「嫌なこと。わたくしの相手は光君のような若公達《きんだち》ではないのですもの」

父信玄の命とはいえ、菊姫は不平を洩《も》らさずにはいられなかった。

そんな姉を、横顔に憂いの翳《かげ》をためた松姫がなぐさめた。

「姉上は、まだいい。わたくしの奇妙丸さまは、いまでは武田家の敵になってしまった」

「お松……」

「けれど、わたくしはあきらめたくないの。胸の底であのお方を思うことは、いくら父上でも止められないでしょう」

行くすえに暗雲が立ち込めても、なお、けなげに許婚《いいなずけ》を慕いつづけている妹を、

(哀れな……)

と、菊姫は思った。

だが——。

天正元年(一五七三)、悲願だった上洛《じょうらく》戦を目の前にして、信玄が信州駒場《こまんば》で病没すると、菊姫の身の上も運命に翻弄《ほんろう》されるように変転した。

まず、将来の夫に決まっていた願証寺左堯が、織田軍によって攻め滅ぼされ、婚約は自然消滅となった。

菊姫、松姫の姉妹は、どこへも嫁がぬまま、躑躅ヶ崎館で花のさかりをひっそりと過ごした。

家督は、異母兄の勝頼が継いだが、天正三年の長篠《ながしの》合戦で織田の鉄砲隊の前に大敗を喫したのを境に、武田家の家運は衰退の一途をたどりはじめる。信玄以来の家臣たちの心は、しだいに勝頼から離れてゆき、家中に冷たい隙間《すきま》風が吹くようになっていった。

菊姫が、

「大事な話がある」

と、兄勝頼に呼び出されたのは、信玄の死から五年後、底冷えのする天正六年の冬のことであった。

いつしか菊姫は、二十一歳の﨟《ろう》たけた女人になっていた。

二

「そなた、越後へ行ってくれ」

勝頼が命ずるように言った。

菊姫は、この異母兄をさほど好いていない。というより、彼女が亡き父信玄をあまりに崇拝しすぎているため、何かにつけて虚勢を張っている兄が頼りなく見え、美点より欠点のほうが多く目についてしまう。

それは武田家の家臣たちも同じことで、偉大すぎる父を持ってしまった勝頼の悲劇といえる。

「越後とは、もしや上杉の……」

「先ごろ亡くなった謙信の養子、弾正少弼《だんじょうしょうひつ》景勝よ」

兄の言葉を聞いた菊姫は、一瞬、

（え……）

という顔をした。

それもそのはずであろう。

越後の上杉謙信、甲斐の武田信玄は、

――竜虎《りゅうこ》

と呼ばれ、信州川中島《かわなかじま》で戦うこと五度。たがいに一歩もゆずらず、終生にわたって戦いつづけた宿敵である。

この春、その謙信が世継ぎを定めずに世を去ったため、上杉家では謙信の二人の養子――甥《おい》の弾正少弼景勝と、小田原北条家から迎えた三郎景虎のあいだに跡目争いが起きていると聞いていた。

いずれにせよ、父の最大の敵であった越後の上杉家へ嫁げとは、菊姫でなくとも耳を疑いたくなる話である。

「なにゆえ、上杉なのでございますか。さような縁組、亡き父上がお許しになるとは思えません」

父ゆずりの勁《つよ》い光の目で、菊姫は兄をひたと見つめた。

「父上の在世中とは、時勢が変わったのだ。昨日の味方であっても、明日には敵となることもある。昨日の敵が、味方になっても不思議はあるまい」

「答えになっておりませぬ。国を二つに割って相争っているいまの上杉家が、兄上に必要とも思われませぬが」

菊姫は、性急に縁組をすすめる兄の言動に不審をおぼえた。

越後上杉家の跡目争い、いわゆる、

——御館《おたて》の乱

において、当初、勝頼は北条家出身の三郎景虎寄りの立場を取っていた。

勝頼の妻は、三郎景虎の妹である。

その妻に、

「兄をお助け下さい」

と懇願され、また同盟関係にある舅《しゅうと》の北条氏康からも、景虎支援の要請を受けていた。これを受けて、勝頼は越後へ出陣。

上杉景勝が籠《こ》もる春日山城近くまで迫り、ともに越後へ侵攻する約束の、北条軍の到着を待った。

しかし、ここで思わぬ事態が起きた。待てど暮らせど、北条軍が姿をあらわさぬのである。

「北条め、たばかったかッ！」

勝頼は激怒した。

支援を依頼しておきながら、みずからは動かぬとは、これでは自分はただ利用されたようなものである。おのれを見る家臣たちの目も冷たく感じられ、勝頼は赤恥をかかされたような気になった。

もっとも、北条側にも言い分はある。まさか勝頼が、これほど素早く行動を起こし、上杉領の奥深くまで攻め込むとは思っていなかったのである。

ともあれ、勝頼の北条氏への不信感はつのった。

と、そこへ、頃合いを見はからっていたかのように、春日山城の上杉景勝から使いが来た。

「わが方と手を組まれぬか」

というのである。

武田軍に足元まで迫られ、景勝方は追いつめられていた。春日山城から二十七町（約三キロ）離れた御館に立て籠もっている三郎景虎方には、北条という背景がある。

「北条は景虎を傀儡《かいらい》にして、越後へ勢力を伸ばす所存でござろう。さらに、武田領の信濃川中島まで進出する恐れがござる」

と、景勝の使いは説いた。

もっともな理屈だった。いまは乱世である。妻の実家《さと》とはいえ、北条を頭から信用することはできない。それは、今回の援軍派遣の遅れを見ても明らかだった。

さらに景勝方は、思い切った同盟の条件を提示した。

「当方にお味方下されば、上野国《こうずけのくに》の上杉領を割譲いたす。それに、越後の根知《ねち》城も差し上げよう」

根知城は、日本海に近い城である。ここを手に入れることができれば、莫大《ばくだい》な富をもたらす日本海舟運の窓口がひらけることになる。

（悪い話ではない……）

勝頼は心を動かし、景勝方の提案を受け入れて、越後から撤退することにした。

にわかに持ち上がった菊姫の縁組は、上杉、武田両家を結ぶ同盟の、証《あかし》であった。

「景勝どのは二十四歳になるが、いまだ定まった妻がおらぬ。年から申して、そなたと似合いであろう」

勝頼は、妹の気を引き立てるように言った。

「似合いかどうかは、お会いしてみねばわかりませぬ」

「夫婦というものは、添えば馴染《なじ》んでくるものだ。そなたとて、無為に花を散らせていくより、上杉家でお方さまと呼ばれ、人々にかしずかれて暮らしたほうがよかろう」

「それは……」

「景勝が勝つと、まだ決まったわけではない。御館の景虎が勝てば、この縁組は流れる」

軒を吹き過ぎる風の音に耳をかたむけ、勝頼はつぶやくように言った。

三

翌、天正七年――。

越後の内乱に決着がついた。

勝利したのは、春日山城の景勝方であった。景勝をささえる直臣団、上田《うえだ》衆の粘り強い戦いぶりもさることながら、戦いの帰趨《きすう》を決めたのは、武田家との同盟によるところが大きい。

これにより、かねてからの約束に従い、菊姫は春日山城へ輿入《こしい》れする運びとなった。

「姉上、おめでとう存じます」

妹の松姫が目に涙を滲《にじ》ませながら、白綾《しらあや》の打ち掛けに身をつつんだ菊姫に祝いの言葉をのべた。

織田信忠との婚約に破れた松姫は、兄勝頼がすすめるいかなる縁談も受けつけず、生涯独身の誓いを立てている。

「必ず、お幸せになって下さいませ。約束でございますよ」

生涯、二度と会えぬであろう妹が、館の門の外まで出て見送る姿を瞼《まぶた》の裏に刻みつけ、菊姫は輿《こし》の上の人となった。

花嫁行列は、輿に付き従う侍女二十人と、そのまわりを警固の侍百人がかためる賑々《にぎにぎ》しいものだった。

季節は秋である。

甲斐から信濃路へ入って、佐久平《さくだいら》から善光寺《ぜんこうじ》平へすすむと、あたりの山々は燃え立つような紅葉に染まっていた。

信越国境の関川《せきがわ》では、散りしいた紅葉《もみじ》の上に、ちらちらと小雪が舞ってきた。

輿の窓からのぞく、重く垂れ込めた鉛色の空に、

（他国へ嫁ぐのだ……）

菊姫の胸に、はじめてその実感が湧《わ》いてきた。

花嫁の手輿は、関川で待ち受けていた大石定仲《さだなか》ら、上杉家側の出迎えの者たちに引き渡された。ここから先は、武田家側の者は侍女たちと、左目田《さめだ》菅七郎《すげしちろう》以下九人の侍が従うのみで、あとの者たちは甲斐府中へ引き返していった。


十月二十日、菊姫は春日山城に到着した。春日山城は山城《やまじろ》である。

山頂の三重櫓《さんじゅうやぐら》からのぞむと、北に白浪《しらなみ》の立つ日本海が広がり、そのかなたに佐渡島《さどがしま》が薄紫色に横たわっているのが見えた。

山国甲斐で育った菊姫にとって、はじめて目にする海の眺めであった。もっとも、花嫁の菊姫に、ゆっくり周囲の景色を楽しんでいる余裕はない。

春日山城に着くと、休む間もなく、御殿の大広間で盛大な婚礼の儀式がとりおこなわれた。

広間に居並ぶのは、妙に堅苦しい顔をした、上杉家の侍たちである。

先代謙信が生涯不女犯《ふにょぼん》をとおしたせいもあり、上杉家の家中には、他家には見られない凛《りん》と引き締まった空気が流れている。

(臆《おく》してはだめ)

菊姫は自分に言い聞かせた。

まわりがすべて、敵に見えた。

（わたくしは名門武田家の娘。誇り高く、胸を張っていなければ……）

上段ノ間に、花婿の景勝がいた。上杉家の侍女に導かれ、菊姫は景勝の横にすわった。

（どのような男なのだろう）

うずうずと興味が湧くが、あからさまに隣を見るわけにもいかない。

婚儀は三日間にわたってつづいた。

祝儀の品々が、常陸《ひたち》の佐竹家、会津の蘆名《あしな》家はじめ、諸大名から次々と届けられた。

菊姫がおどろいたのは、武張った顔をした上杉家の家臣たちが、酒が入るとにわかに表情を一変させ、饒舌《じょうぜつ》になることである。

ことに、三日目には無礼講となり、曲舞《くせまい》や幸若舞《こうわかまい》を踊る者、はては小袖《こそで》を双肌《もろはだ》ぬぎにして腹踊りを披露する者まであらわれた。

婚礼の宴とも思えぬくだけた席になったが、そのようなときも、横にいる景勝は笑い声ひとつ立てない。

何もかも、実家の武田家とは、作法がちがっていた。

ようやく、菊姫が夫となった景勝と二人きりになったのは、一連の儀式がすべておわった翌朝であった。

前夜、宴のあと、菊姫は初夜の床入《とこい》りのために緊張して待っていたが、景勝はついに寝間にはあらわれなかった。

馴れぬ枕《まくら》でよく眠れなかった菊姫は、鏡に向かっていつもより念入りに化粧《けわい》をし、身支度をととのえて景勝の居間へ朝の挨拶《あいさつ》に出向いた。

景勝は、すでに朝餉《あさげ》をすませていた。

朝の明るい陽射《ひざ》しのなかで、菊姫は夫をまじまじと見た。

景勝は二十五歳。

けっして、美男ではない。

顔のつくりが大きく、鉈《なた》で彫り刻んだような武張った顔立ちをしている。髭《ひげ》の剃《そ》りあとがあおあおとし、眉《まゆ》が太く濃く、怒ったように唇を真一文字に引き結んでいた。

菊姫が両手をついて挨拶の口上をのべているあいだ、景勝は憮然《ぶぜん》とした表情を一度もくずさなかった。

いや、口上がすんで、夫の言葉を待つように菊姫が顔を上げても、景勝は無言のままだった。

（わたくしに、何か気に入らぬところでもあるのだろうか……）

景勝の冷淡な態度は、この輿入れに、ささやかながら期待を抱いていた菊姫の心を傷つけた。

挨拶のほか、ひとことも会話のないまま、夫の前を下がったあと、

「夫婦とは、これほど肩の凝るものなのかしら」

菊姫は、甲斐から付いてきた侍女の青柳《あおやぎ》に愚痴《ぐち》をこぼした。

「姫さまが、お美しすぎるせいでございますよ」

菊姫が童女のころから仕えている青柳は、心得顔で言った。

「さだめし、気おくれなされたのでございましょう」

「そうかしら」

「殿方とは、そういうものです」

「父上は、母上やわたくしたちの前であのように怖い顔はなさらなかった」

「それは、躑躅ヶ崎の亡きお屋形《やかた》さまは、女人のあつかいに馴れたお方でございましたから」

青柳はころころ笑い、

「姫さまはお幸せでございますよ」

「なぜ？」

「景勝さまはあのお年まで、浮いた噂ひとつない、それはおなごに真面目《まじめ》なお方なのだそうでございます。きっと、側室などお持ちにならず、姫さまを一筋に可愛《かわい》がって下さいますよ」

「一筋に……」

「上杉家の家風は義にあつく、人をけっして裏切らぬとか。殿御としては少々、見栄えはせぬかもしれませぬが、ああした肚《はら》のすわったお方こそ、おなごを命懸けで守ってくれるものです」

「そう」

菊姫は浮かぬ顔でうなずいた。

四

春日山城に駆け足で冬がやって来た。

海辺に近いこの城は、冬になると、日本海をわたってきた北西の風がまともに吹きつける。

あまりに風が烈《はげ》しいため、山のいただきに雪が積もらず、地面の赤土まで吹き飛ばされるほどである。

城のまわりに生い茂る赤松の枝は、風を受けていびつに撓《たわ》み、轟々《ごうごう》と恐ろしい松籟《しょうらい》を響かせた。

菊姫は、この風の音になかなか馴れることができなかった。風ばかりではなく、遠く海鳴りが聞こえることもある。荒々しく咆哮《ほうこう》する、恐ろしい海の音だった。

夫の景勝は、三日に一度、判で押したように律義に寝間にあらわれ、菊姫を抱いた。はじめての経験ゆえ、菊姫には世のほかの男女のことはわからないが、景勝の房事は、軍陣の作法をとりおこなうかのように、あくまで生真面目である。

女を喜ばせるようなやさしい言葉をかけるでもなく、我を忘れて没頭するでもなく、ただ淡々と行為のみをおこなう。

ことが果てると、新婦に背を向け、何事もなかったように深い眠りについてしまうのである。

菊姫は体の芯《しん》が火照《ほて》って眠れず、夜明けまでまんじりともせずに風の音を聞いて過ごすことが多かった。

（これが夫婦……）

体を合わせれば合わせるほど、菊姫の心は孤独に染まっていった。

冬のあいだ、上杉家は軍事活動はおこなわない。道が雪で閉ざされ、行動の自由が奪われるからである。

その退屈をまぎらわすため、上杉家の侍たちは遠侍《とおざむらい》で碁を打ったり、囲炉裏《いろり》をかこんで酒を飲み、体を温めたりした。ともかく、何をおいても酒好きの家風のようである。

（あのお方は何を……）

菊姫が、侍女の青柳にそれとなく探らせてみると、

「ほとんど一日中、ひとりで部屋にお籠《こ》もりでございます」

「何をなさっているのです」

「小姓衆の話では、刀のお手入れだとか」

「刀……」

菊姫は眉《まゆ》をひそめた。

父信玄は、戦場では猛《たけ》き武将であったが、躑躅ヶ崎館では文雅の男だった。詩作に凝っても、武具の手入れに凝ったことはない。

あとで知ったことだが、景勝の唯一の趣味は、
――刀
であった。
茶人が茶碗《ちゃわん》を愛《め》でるように、刀を愛でているという。
後年、景勝が厳選した刀の目録に、『御手撰《おてえらび》三十六腰』というものがあるが、それによれば、
姫鶴一文字《ひめづるいちもんじ》
三日月兼光《みかづきかねみつ》
大柿正宗《まさむね》
三本寺吉光《よしみつ》
高木長光《ながみつ》
など、いずれおとらぬ名刀を景勝は所持していた。そのなかには、先代謙信遺愛のものもあれば、関東管領上杉家伝来のもの、景勝自身が蒐集《しゅうしゅう》したものも多数含まれている。
刀の手入れをするとき、景勝は部屋に何びとも近づけず、口に懐紙をくわえ、黙々と刀身に打粉《うちこ》を打つ。

菊姫を抱いているときも、何の感情もあらわさない目が、その瞬間だけ妖《あや》しく輝き、陶然とするらしい。

「あなたさまは、おなごより刀のほうが可愛いのでございますか」

菊姫は一度だけ、思いきって聞いてみたことがある。

景勝は、

(何を下らぬことを……)

という顔をし、

「女と刀は比べられるものではない」

とだけ、底響きのする声で言った。

菊姫が刀のほかにもうひとつ、気になるものがあった。

いや、ものではない。人である。

名を、

——樋口与六兼続《ひぐちよろくかねつぐ》
という。

年は、景勝より五歳年下と若い。鞭《むち》のようにしなやかな長身で、涼しい目をした美男であった。

その樋口兼続、景勝の私室に頻繁に出入りしている。景勝とともに過ごす時間は、妻の菊姫より長いかもしれない。

「あのお方、お屋形さまとどういう仲なのでございましょうか」

侍女の青柳も、その男と景勝の関係をいぶかしく思ったのか、眉をひそめて菊姫にささやいた。

この時代、戦国武将には、

——衆道《しゅどう》

というものがめずらしくない。

菊姫の父信玄も、妻妾のほかに美童をことのほか愛し、若き日の高坂弾正《こうさかだんじょう》らと衆道の関係にあった。

それゆえ、景勝と兼続がそうした仲であっても不思議はないのだが、どうも二人のあいだには、そうした生ぐさい臭《にお》いが感じられない。

「あの若さで、お屋形さまの信頼第一の重臣なのだそうでございますよ」

菊姫の耳目となっている青柳が、噂を聞きつけてきた。

「何でも、お屋形さまのお母上の仙桃院《せんとういん》さまが、坂戸《さかど》城の薪炭《しんたん》用人の息子だった樋口与六の聡明さに目をおつけになり、わずか五、六歳で小姓のひとりに取り立てられたとか。以来、お屋形さまと樋口与六は、学問をするにも、何をするにも一緒に育ち、目と目を見ただけで心が通じるご主従であるそうな」

景勝ばかりでなく、同じ城で暮らす姑《しゅうとめ》の仙桃院も、兼続をいたく気に入っていることは菊姫も知っている。

二十歳《はたち》そこそこの若さで、兼続が重臣に列しているのは、仙桃院の引き立てもさることながら、彼自身のきわだった能力と、景勝自身の揺るぎない信頼のためであった。

(六歳のときから……)

あの若者は夫景勝に影のように従っていたのかと思うと、菊姫はその関係の深さに、妬《ねた》ましさを感じずにはいられなかった。

ただの衆道なら、まだいい。

景勝の趣味の刀と同じで、そんなものは嗜好《しこう》の一種に過ぎず、妻として黙殺することができる。

だが、兼続の存在は菊姫が思っていた以上に巨《おお》きく、夫の心の大事な部分を占めていた。

「姫さまのお輿入れを、お屋形さまに進言したのも、樋口与六だそうでございますよ」

「それはどういうこと？」

菊姫は目の奥をするどく光らせ、青柳に聞き返した。

「御館の乱のとき、お屋形さまは北条の血を引く三郎景虎に圧迫され、苦境に立たされておいででした。そのとき、縁組をして武田家を味方に引き入れようと画策したのが、樋口与六であったとか」

「あの男、そのようなことを」

「最初は気乗り薄だった勝頼さまが、姫さまの縁組をご承諾なさったのは、樋口与六が春日山城の金蔵から引き出した金一千枚を、勝頼さまに献じられたからだとも聞きました」

「金一千枚……」

自分の身が、じつは金で売られていたと知った瞬間、菊姫の手足は冷たく凍りついた。

金一千枚は、一万両にあたる大金である。家臣の統制や領国経営に苦しむ兄勝頼にとって、それは喉《のど》から手が出るほど魅力的なものであったろう。

兼続にしても、景勝方の生き残りのために打った窮余の一手であった。

だが、事実を知った菊姫は深く傷ついた。妹を売った実家の兄を怨《うら》むより、金蔵から金を引き出す許可を与えた夫景勝を怨むより、策を考えだした兼続を怨んだ。

（小賢《こざか》しい……）

菊姫のなかで、青い蛍火《ほたるび》のような憎悪が生まれた。

五

その後、樋口与六兼続は、越後の名門直江家に婿入りし、

——直江兼続
と名乗るようになった。

直江家の家付き娘お船《せん》には、信綱《のぶつな》という前夫があったが、刃傷沙汰《にんじょうざた》に巻き込まれて落命したため、

「直江の家名が絶えるのは惜しい。そのほうが入婿《いりむこ》せよ」

と、主君景勝が命じたのである。

腹心の兼続を有力武将の直江家へ送り込み、上杉家の基盤を強化しようとの景勝の意図であったが、それですら、

（あの男が策を弄《ろう》して、うまうまと直江家に入り込んだのではないか……）

いったん、兼続への敵意を胸に芽生えさせはじめた菊姫には、何もかもが策謀めいて見えた。

このころ、菊姫の心は乱れている。

実家の武田家を、大きな嵐が襲っていた。織田信長の来襲である。

長篠の合戦で、織田軍の前に大敗を喫して以来、武田勝頼の求心力は、極度に低下していた。一族の木曾義昌《よしまさ》、穴山梅雪《ばいせつ》らが、織田方の調略《ちょうりゃく》にあって次々と寝返り、戦国最強をうたわれた武田の騎馬軍団は内部から崩壊しはじめた。

これを見た信長は、

「武田を殲滅《せんめつ》する好機」

とばかり、木曾口から長男信忠、駿河《するが》口から徳川家康、飛騨《ひだ》口から金森長近《ながちか》の軍勢を差し向け、武田勝頼の籠もる甲斐の新府《しんぷ》城に迫った。

この知らせを聞いた景勝は、同盟者である勝頼の身を案じ、

「援軍を送りたい」

と、加勢を申し出た。

しかし、勝頼にも意地がある。

「当方の備えは堅固ゆえ、ご心配なされるほどのことはござらぬ。けっして兵が足ら

ぬわけではござらぬが、他国への聞こえもよいゆえ、二千、三千でもご出兵願えれば、それに越したことはない」

精一杯、虚勢を張った返書を送ってきた。本音では、いくらでも援軍が欲しいところである。ことここに至り、唯一、頼りになる味方となったのが、父信玄の宿敵であった上杉家とは、運命の皮肉以外の何ものでもあるまい。

実家の存亡の危機に、菊姫も誇りをかなぐり捨てて、

「わたくしからも、お願い申し上げます」

夫の前に頭を下げた。

景勝は何も言わなかった。ただ、深くうなずいた。

（ああ……）

その肚のすわった夫の姿が、菊姫にはかつてなく頼もしく見えた。

しかし、織田信長は奸智《かんち》にたけている。

上杉景勝が武田の救援に動くことを恐れ、会津の蘆名盛隆《あしなもりたか》、下越《かえつ》の新発田重家《しばたしげいえ》とひそかに手を組み、彼らに反上杉の兵を挙げさせると同時に、北陸筋の佐々成政《さっさなりまさ》に命じて越中から越後を脅かさせた。

北と南に上がった火の手を鎮めるのに、景勝は忙殺された。義理堅い景勝は、一門

の上条政繁《じょうじょうまさしげ》に二千の兵をつけ、勝頼を救援すべく北信濃へ駆けつけさせた。

「ありがたや」

景勝の加勢に、勝頼は万軍を得た思いがした。

だが、肝心の武田の武将たちは、織田軍の破竹の進撃に恐れをなし、クシの歯が欠けるように、戦わずして信長の軍門に降《くだ》っていく。

唯一、頑強な抵抗をみせたのは、菊姫の同腹の兄で、信州高遠《たかとお》城をあずかっていた仁科盛信であった。

木曾口から攻め入った織田信忠が、盛信に降伏をすすめたが、

「武田武士の意地をご覧に入れよう」

と、徹底抗戦をつづけ、烈しい攻防戦のすえに、高遠城は陥落。盛信は自刃して果てた。菊姫の妹松姫も、このとき高遠城にいた。かつての許婚に攻められるという悲運を味わい、兄の命で城を脱出。武州八王子に逃れ、尼となって、その地で生涯を終えた。

織田軍は三方から、甲斐新府城に迫った。大将の勝頼は、新府城から天目山《てんもくざん》へ逃れるが、土民の蜂起《ほうき》に遭い、妻子とともに自刃して果てた。

ここに、名門武田家は滅亡した。天正十年、三月十一日のことである。

急使からの知らせを聞いた菊姫は、その場で倒れて気を失った。

六

どれほど時が過ぎたかわからない。

菊姫が目覚めると、あたりは海の底のような青ずんだ暁の闇《やみ》につつまれていた。

花冷えの季節である。

鼻先も指も、足のつま先まで冷たくなっている。

(この先、どうやって生きていけばよいのか……)

実家の武田家は、菊姫の誇りであり、心のよりどころであった。武田の娘としての矜持《きょうじ》が菊姫を支え、敵方であった上杉家のなかで、背筋を伸ばして生きていく気力を湧き立たせていた。

その支えが消え失《う》せた。

頼みにしていた兄たちもいない。妹の松姫も行方知れずになっている。

(わたくしも、この城には居られなくなるのではないか)

菊姫は脅《おび》えた。

戦国武将の娘は、実家を背負って生きている。有力な実家があればこそ、夫は妻に気を遣い、家臣たちも御料人さまとあがめる。

この家で、菊姫は甲斐武田家から来た御料人、

——甲斐御料人さま

と、呼ばれていた。

実家がなくなったいま、上杉家の者たちは自分に利用価値がなくなったと思い、放り出すのではないだろうか——。

（景勝さまも……）

きっと、武田の娘だからこそ、自分を妻として重んじていたのだと菊姫は思った。

笑顔ひとつみせず、口数の極端に少ない夫に、

——愛されている。

とは、一度も感じたことがなかった。

しぜんと、目尻《めじり》に涙が滲んだ。

暁闇《ぎょうあん》のなかで、菊姫は孤独と不安にうち沈んだ。

そのとき、ふと、菊姫は部屋のすみに黒い人の影がわだかまっているのに気づいた。

「誰……」

最初は、侍女の青柳かと思った。

だが、女ではない。もっと大きな男の肩が、そこにあった。

「大事ないか」

気配を感じて肩ごしに振り返った男が、低く底響きのする声でいった。

景勝であった。

「お屋形さま……。いつから、そちらに……」

菊姫は起き上がろうとした。

それを手で制し、

「案ずるな」

景勝が言った。

「え……」

「何も案ずるなと申している」

いつも寡黙《かもく》な景勝が、同じ言葉を繰り返した。

「上杉家の義において、わしはそなたを守る。それでよいな」

「…………」

菊姫は声を失った。夫にそのようなことを言われるとは、思ってもみなかった。

心に、ひどくあたたかいものが満ちてきた。

（このお方は……）

その瞬間、菊姫はうちに大きな義俠心《ぎきょう》を秘めた景勝という男を、魂の芯から愛するようになっていた。

武田家滅亡後、上杉家にも危機が襲ってきた。

武田領がことごとく織田領となったため、上杉家は、

越中

信濃

上野

の三方面から、織田軍の侵攻に脅かされるようになったのである。

越中方面からは、柴田勝家《かついえ》。信濃方面からは森長可《ながよし》。上野方面から滝川一益《かずます》が、それぞれ烈しく攻めかかり、上杉家に存亡の危機が迫った。

しかし――。

ここで奇跡が起きた。

上杉領を侵していた織田の諸方面軍が、突如、撤退をはじめた。

理由は、ほどなく明らかになった。

京本能寺に滞在中だった織田信長が、重臣明智光秀《あけちみつひで》の謀叛《むほん》に遭い、弑《しい》されたのである。天正十年、六月二日早暁のことであった。

信長の死により、天下の情勢は一変した。

中国筋で毛利軍と対陣していた、織田家重臣の羽柴秀吉が中国大返しを演じ、山崎の合戦で明智光秀を破って、信長の後継者に名乗りを上げた。

秀吉は、つづく賤《しず》ヶ岳《がたけ》合戦でも、ライバルの柴田勝家を撃破。一躍、天下人への階段を駆け上がりはじめた。

七

天正十三年七月、羽柴秀吉は朝廷より従《じゅ》一位関白に叙任された。同年九月、豊臣の姓をたまわり、豊臣秀吉と称するようになる。

秀吉の上杉家に対する外交は、旧主信長のそれとは、まるで異なっていた。

秀吉は遠州浜松城に、

——徳川家康

という厄介《やっかい》な敵を抱えている。

小牧《こまき》・長久手《ながくて》のいくさでは、八ヶ月の長きにわたって対陣し、ついに決着がつかぬまま、双方兵を引いている。

その家康に対抗する意味からも、秀吉は上杉家を自陣営に引き入れたがっていた。

春日山城の景勝のもとには、上洛をすすめる秀吉の使者がたびたびやって来た。上洛すなわち、豊臣政権に、

——臣従せよ。

ということである。

「いかにすべきか」

景勝は、直江兼続に諮《はか》った。

このころすでに兼続は、上杉家の軍事、外交、民政を一手に取り仕切る執政として、上方にまでその名を知られるようになっていた。

「豊臣家の天下は、もはや動かし難いものと存じます。それで乱世が治まり、民に安定と繁栄がもたらされるのであれば、無用の意地は捨てるべきではござらぬか」

景勝もまた、兼続と同意見であった。

翌年五月——。

景勝は直江兼続、大国実頼《さねより》らおもだった家臣をはじめ、四千の勢を従えて上洛の途についた。

同じ年の十月、徳川家康もついに重い腰を上げて大坂城へおもむき、諸侯の居並ぶ前で秀吉に臣従を誓った。


移りゆく時代のなかで、ひとり菊姫のみは、春日山城内で取り残されたように日々を送っている。

武田家が滅んで以来、菊姫にとって唯一の頼みの綱は景勝となった。

景勝とのあいだに、まだ子はない。

不安定な立場を少しでも確かなものにしようと、菊姫は家中に諸費倹約を奨励し、城内の女たちに実家で仕込まれた京風の行儀を教えるなど、景勝のよき妻たらんとつとめた。それでも、

「甲斐御料人さまにご懐妊の兆しがない以上、お屋形さまもしかるべきご側室を」

という声が耳に聞こえてくる。

そのようなとき、菊姫の新たな心の支えになったのは、

「わしがそなたを守る」

と言った、夫景勝のひとことだった。

菊姫との約束を律義に守っているためかどうか、景勝は側室というものを一人も持っていない。

（あの方を信じねば……）

菊姫は思った。

景勝をひたすら信じ、上杉家に溶け込むことで、菊姫はみずからの生きる道を探そうとしていた。

その菊姫の暮らしに大きな転機がおとずれたのは、天正十八年、秀吉の小田原北条攻めのあとだった。

「奥方さまには、京へのぼられまするように」

菊姫の嫌いな直江兼続が、仰々しく頭を下げた。

「わたくしが京へ？」

「はい」

「なにゆえ、行かねばならぬのです」

「関白殿下のご下命にございます」

景勝とちがって弁の立つ兼続は、そのあたりの事情を縷々《るる》、説明した。

それによれば、小田原平定戦によって天下統一を達成した秀吉は、臣従の証しとして、諸大名の妻子を上方に差し出すことを要求しているという。

「人質ですね」

菊姫は、兼続の秀麗にととのった顔をするどく見た。

「御料人さまは、ご聡明におわします」

兼続が目を伏せた。

「わたくしが嫌だと言ったら」

「これまでも同様の布達がございましたが、理由をつけて延ばし延ばしにしておりました。このたびばかりは、殿下のご命令にそむくことかないますまい」

「これで、二度目です」

菊姫は、膝の上に置いた手をきつく握りしめた。

「二度目とは？」

「一度目は、武田から上杉へ嫁いできたとき。わたくしは両家の同盟のための人質だった。そして、これが二度目」

「心中、お察し申し上げます」

兼続が同情するように言った。瞬間、菊姫の白い頰《ほお》にさっと血の色が走った。

「そなたに何がわかる」

「御料人さま……」

「金一千枚でわが兄勝頼の心をまどわし、妹を上杉へ売らせたそなたに……」

「そのこと、御料人さまはご存じでございましたか」

兼続はあくまで平静だった。

「あのときは、ほかに手がござらなんだ。この乱世、生き残りを賭《か》けてさまざまに知恵をめぐらすのは、けっして恥ずべきことではありますまい。お兄上の勝頼さまも、お屋形さまも、それぞれの家のためによかれと思ってなしたこと。それがしも、お屋形さまのためなら、いかなる泥《どろ》もかぶる所存」

「そうやって、そなたはいつも綺麗《きれい》ごとばかり言うのですね」

菊姫はきらきらと光る目を据えた。

「男の勝手な理屈で、おなごがどれほど傷ついているか……。人質は、嫌です」

「他家の奥方さまたちも、みな耐えていることでございます。どうあっても、京へおのぼりいただかねばなりませぬ」

兼続は端正な眉をひそめ、強い口調で言った。

それでも、菊姫が上洛を拒否しつづけたのは、上杉家をわが物顔に切りまわし、妻の自分でさえ立ち入れぬ景勝との緊密な信頼関係を築いている兼続への意地であった。

（あの者の意のままにはなりたくない……）

菊姫は唇を噛《か》んだ。

だが、姑の仙桃院に、

「そなたが上洛せぬとあれば、この尼が行かねばなるまい」

と、覚悟をしめされるにおよび、ついに菊姫も折れざるを得なかった。菊姫の上洛には付き添い役として、兼続の妻お船が従うこととなった。

八

上杉家の京屋敷は、一条通に面している。

秀吉の京の政庁ともいうべき聚楽第《じゅらくてい》のすぐ近くで、あたりには黒田官兵衛《かんべえ》、千利休など、秀吉の側近たちの屋敷が建ち並んでいた。まさに、京の一等地と言っていい。

人質といっても、京のうちならば外出は自由であったが、菊姫は邸内に籠もりがちで、人付き合いを嫌った。

――滅んだ武田の娘

という意識が、華やかな京の都で菊姫をかたくなにさせていた。

代わりに、積極的に動いたのは、兼続の妻お船である。子のない菊姫とちがい、お船はすでに、兼続とのあいだに二女をもうけている。

菊姫の代理として、秀吉夫人の北政所《きたのまんどころ》や、諸大名の奥方たちにしばしば面会し、水を得た魚のように女の外交を展開した。

（家臣の妻のぶんざいで生意気な……。誰が、上杉家の女あるじか、考えてもみよ）

それとは口にこそ出さぬものの、菊姫は兼続への憎しみを、そのまま妻のお船にも向けた。

胸の苦しみを訴えようにも、夫景勝は豊臣政権の五大老に名をつらね、多忙をきわめている。たとえ、菊姫が何か言ったとしても、景勝は兼続夫妻を信頼しきっており、逆に渋面をつくって、

「お船は、そなたの手助けをしているのだ。感謝せよ」

と、叱責《しっせき》されるのが目に見えていた。

（やはり、上杉家では、わたくしは不要な存在なのだ……）

菊姫はふたたび孤独の淵《ふち》に沈んだ。

そんな菊姫のもとに、つてをたどって頼ってくる者があった。うらぶれた格好《なり》をし

た若い男だった。

「姉上……」

菊姫を一目見るなり、男はすすけた顔に滂沱《ぼうだ》の涙を流した。

「もしや、そなた」

「信清《のぶきよ》でございます。お懐かしゅうございます、姉上」

男は、菊姫の異母弟の武田信清であった。織田軍に攻められ、一族の男たちがことごとく非業の死を遂げるなか、信玄の七男で末子の信清のみは、わずかな従者に護《まも》られ、紀州高野山《こうやさん》へ落ちのびていた。

「よくぞ、無事でいてくれました」

武田の血を引く男子は、すべて死に絶えたと思っていた菊姫は、弟との再会を喜んだ。さっそく、夫の景勝にとりなし、信清を上杉家の家臣に迎え入れ、諸役御免のうえ三千三百石の高禄《こうろく》を与えてもらった。

武田家ゆかりの者で、菊姫を頼ってきたのは信清だけではなかった。

かつて、菊姫の父信玄は、

——スッパ

と呼ばれる忍びの者を、諸国の情報収集に用いていた。そのスッパの親玉である大《おお》

峡《はざま》吉次が、

「何なりと上杉家でお使い下さるよう、おとりなし下され」

と、菊姫に泣きついてきた。

秀吉の天下統一が成り、彼らのごとき間諜《かんちょう》をなりわいとする者が、生きづらい世の中になったということであろう。

のち、諸国に散っていた武田のスッパは、上杉家に次々と雇われ、執政の直江兼続によって、

——伏嗅組《ふしかぎぐみ》
というものが編成された。

別名、野盗組と言われる彼らは、関ヶ原合戦や大坂の役のさい、兼続の意を受けて諜報活動に従事することになる。

ともかく、菊姫は旧武田の家臣たちから救世主のごとく仰がれた。

（わたくしはやはり、名門武田家の女……）

そう思うと、失いかけていた誇りが胸によみがえってきた。

その後——。

上杉家は秀吉没後の天下をめぐる争いで、徳川家康と敵対。関ヶ原合戦で勝利した家康は、上杉家を米沢三十万石に封じ込めた。

徳川幕府が成立すると、諸大名は上方に置いていた妻子を、今度は幕府のお膝元の江戸へ差し出した。

「御料人さまも、江戸へ」

またしても、兼続が言った。

「行きませぬ」

菊姫は断固として江戸行きを拒み、京屋敷から移った上杉家の伏見屋敷に留《とど》まりつづけた。

人質は、今度こそ嫌だった。

(わたくしは道具ではない。景勝さまは、わたくしを守るとお約束された。この身を大事に思うならば、景勝さまは直江の言い分よりも、わたくしの気持ちを汲《く》み取って下さるはず……)

菊姫は挑むような気持ちで、景勝の判断を待った。

その菊姫のもとに、ほどなく衝撃的な知らせがもたらされた。国元の米沢に、景勝が若い側室を置いているというのである。

「嘘《うそ》ですッ！」

菊姫は取り乱した。

自分でも抑えようのない感情が、悪寒のように背筋を這《は》い上がった。

「そのようなこと、あるはずがない」

「ご側室は、京の公家四辻《よつじ》家の姫君だそうにございます」

はるばる米沢から注進に来た伏嗅組の大峡吉次が、気の毒そうに言った。

「上杉のお家断絶を恐れる直江山城守《やましろのかみ》さまが、景勝さまに強くすすめて、ひそかにご側室を迎えられたとか。すでに、四辻家の姫はご懐妊とのよし」

「懐妊……」

怒りで目も眩《くら》みそうになった。

いつしか菊姫も四十なかばを過ぎている。もはや、景勝とのあいだに世継ぎの男子はできぬと見た直江兼続が、政治的判断を下したにちがいない。

（また、あの男か）

思えば、菊姫の人生を狂わせたのは、すべて直江兼続であったかもしれない。本人が意図するとせざるとにかかわらず、兼続によって菊姫の運命は流れに浮かぶ木の葉のごとく翻弄された。

（いっそ、武田の姫のまま……）
故郷の甲斐で、兄勝頼らとともに滅びたほうが幸せだったかもしれない。菊姫の胸に、痛みに似た感情が駆け抜けた。

夫景勝の裏切りを知った菊姫は、それからほとんど食事もとらず、寝込む日が多くなった。

――不食の病

と言われている。

慶長九年（一六〇四）二月十六日、菊姫は伏見上杉邸において死去した。享年四十七。『上杉年譜』は、菊姫の死について次のようにしるしている。

――伏見の邸《やしき》におきて、甲府夫人（菊姫）逝去したもう。去冬より少々、発病したもう。このこと米沢に達しければ、武田三郎（信清）急ぎ上洛ありて、令妹（正しくは姉）の看病あり。公（景勝）在洛の事なれば、洛中の名医を招きたまい、湯薬鍼灸《とうやくしんきゅう》、あるいは諸山の高僧祈禱《きとう》あれども効験なく、沈痾《ちんあ》日夜に危殆《きたい》し。今日《こんにち》ついに泉路《せんろ》に赴きたもう。公を始め奉り、諸士にいたるまで悲嘆かぎりなし。

菊姫の死から、わずか三月後、米沢において景勝の嫡男玉丸が誕生した。のちの上杉定勝《さだかつ》である。

だが、母の四辻氏は産後の肥立ちが悪く、その年の秋に世を去る。

上杉家では、

――甲斐御料人の祟《たた》りなり。

と、噂が流れた。

剣の漢《おとこ》

上泉主水泰綱《かみいずみもんどやすつな》

一

秋草が揺れている。

ススキ、女郎花《おみなえし》、フジバカマなど、駆け足で深まる出羽《でわ》国の秋を告げる草花が、乾いた秋風に、髪を振り乱したように揺れなびいていた。

草原の向こうには、刈《か》り入れがおわったばかりの水田がひろがっている。そのかなた、きらきらと輝く鱗雲《うろこぐも》を浮かべた空の下に、亀《かめ》の甲羅《こうら》に似た形の山塊《さんかい》が横たわっているのが見えた。

爽涼《そうりょう》とした眺めだった。

澄んだ陽射《ひざ》しは美しく、どこまでも明るいのだが、北国の野に吹く風はどこか物哀《ものがな》しい調べを含んでいる。

（いにしえの歌詠《よ》みならば、このさまを何と言葉にあらわしたろう……）

上泉主水泰綱《かみいずみもんどやすつな》は我にもなく、ふと、漢詩か和歌でも詠んでみたいような感興にとらわれた。主水は五十歳になる。

この年まで、風雅などとはおよそ無縁の暮らしを送ってきた。

主水の祖父は、剣聖として名高い、

――上泉伊勢守信綱《いせのかみのぶつな》

である。

愛洲移香斎《あいすいこうさい》の子、小七郎に陰流《かげりゅう》の剣を学んだ信綱は、その後、独自の工夫をこらして新陰流《しんかげ》を創始。柳生石舟斎《やぎゅうせきしゅうさい》にその極意をつたえ、足利将軍義輝《よしてる》の剣術指南をつとめるなど、天下に名を響かせるようになった。

兵法者信綱の経歴は華やかなものだが、その武士としての人生の歩みはけっして平坦《へいたん》とはいえない。

根拠地だった上野国《こうずけのくに》上泉城を小田原北条氏に攻められ、箕輪《みのわ》城の長野業政《ながのなりまさ》のもとへ逃れて、同家に重臣として仕えた。だが、その箕輪城も、業政の子業盛《なりもり》の代に武田信玄の攻撃を受けて落城。以後、信綱はいかなる大名の仕官の誘いも受けることなく、剣の道ひとすじの一生をつらぬくことになる。

上泉主水泰綱は、この孤高の祖父の顔を知らずに育った。

自由な剣客の境涯に達した信綱とは対照的に、北条氏に従って関東で生きる道を選んだ父秀綱《ひでつな》が、息子の主水を人質として小田原城へ差し出したためである。

「どのようなお方なのです」

幼いころ、主水は父に祖父信綱のことを何度かたずねたことがある。

そのたびに、父は不快な顔をし、

「われらとは無縁の者よ」

名さえ口にしたくもないというように、冷たく吐き捨てた。

祖父と父のあいだには、余人にはうかがい知れぬ、深刻な対立があったのであろう。

父秀綱は、信綱が編み出した新陰流の剣をめったに使わなかった。

だが、小田原で育った主水は、まだ見ぬ祖父にあこがれた。

（自分も、あのような一流の剣の使い手になりたい……）

人づてに噂《うわさ》を聞き、信綱の華やかな剣歴を知るにつけ、祖父からじかに剣を学びたいという気持ちがつのった。

主水が念願だった祖父信綱との対面を果たしたのは、ひとつの悲劇がきっかけになっている。

父秀綱の戦死である。

秀綱は、北条氏政が里見義弘《よしひろ》と戦った永禄《えいろく》七年（一五六四）の国府台《こうのだい》合戦で、奮戦のすえに討ち死にを遂げた。三十五歳の若さであった。

このとき、主水はまだ元服前の十三歳だった。

主水は祖父伊勢守信綱に父の死を報告すべく、北条家のゆるしを得て、単身、京へ向かった。

（いよいよ、お会いできる）

前髪姿の少年の胸は熱く高鳴った。

主水が京へ着いたとき、信綱はちょうど丹後《たんご》の廻国《かいこく》修行をおえ、洛中西福寺《らくちゅうさいふくじ》の道場にもどったところであった。

その信綱を迎えるため、西福寺の境内に数百人の門弟が列をなしていたのを、いまも鮮明におぼえている。

偶然、門前に来合わせた主水は、声をかけることもできず、ただ茫然《ぼうぜん》と祖父を見送るしかなかった。

その後、主水は上州出身の門弟の仲立ちで、ようやく祖父と二人きりで対面する機会を得た。

——厳しい人か……。

と、内心おそれを抱いていたが、じっさいに会った信綱は、儒者のような知的な風《ふう》貌《ぼう》をしており、父の話を聞くと涙を流してその死を悲しんだ。

「北条家では、父上の武功に報いるため、わたくしが成人のあかつきには、北条の三《み》ツ鱗《うろこ》の紋を下され、一門として遇していただく約束になっております」

「そうか」

信綱はうなずいた。

討ち死にした秀綱の武勲もさることながら、信綱は相模玉縄《さがみたまなわ》城主の北条綱成《つなしげ》の娘を後妻に迎えており、上泉家は北条一門に遇される資格をそなえていた。

「武門に生まれた者として、いくさ場で命を散らすのは名誉なことじゃ。そなたも父を見習い、天晴《あっぱれ》な武士になれ」

「祖父《じい》さまッ」

主水は信綱の前に、がばりと両手をついた。

「わたくしを、このまま京へ置いて下さいませ」

「何と……」

「門弟衆のはしに加わり、祖父さまから剣の教えを受けとうございます」

「北条家のゆるしを受けてのことか」

「内々に許可を得ております。たとえゆるしがなくとも、腹を切る覚悟で京に留《とど》まる所存です」

「腹を切る覚悟がどういうものか、そなた、わかっておるのか」

それまで、春の陽のようにおだやかだった伊勢守信綱の目が、にわかに鬼神のごとき光を帯びた。

「わ、わかっているつもりです」

「………」

「このとおり、お願い申し上げますッ！」

「死ぬ覚悟があるというなら、そなたの好きにするがよい」

「ははッ」

その瞬間から、祖父上泉伊勢守のもとでの主水の修行の日々がはじまった。

（いま思えば、祖父の厳しい稽古《けいこ》によくぞ耐え抜いたものよ……）

みちのくの野を見渡しながら、上泉主水は苦みのまじった微笑を陽灼《ひや》けした頬《ほお》に立ちのぼらせた。

二

「おう、主水。ここにいたか」
紫と白の片身替わりの小袖《こそで》、墨染めの革袴《かわばかま》というかぶいた格好《なり》をした男が、上泉主水に声をかけてきた。
上杉家組外《くみほか》御扶持方（組外衆）の頭《かしら》、前田慶次郎《けいじろう》である。
組外御扶持方とは、
馬廻《うままわり》組（先代謙信以来の旗本）
五十騎《ごじっき》組（当代上杉景勝の旗本）
与板《よいた》組（執政直江兼続の直属衆）
の三手組のいずれにも属さない、客将待遇の者たちである。
彼らの多くは、上杉家が越後春日山城から会津若松城に国替えとなってから召し抱えられた一騎当千のつわものだった。
主水が上杉家に仕えたのは、慶次郎よりも早い。組外御扶持方のなかでは、別格といっていい存在である。

祖父上泉伊勢守のもとで新陰流の奥義《おうぎ》をきわめた主水は、三年後、小田原北条家にもどり、北条一門の氏忠の娘を娶《めと》って、数々の合戦に活躍した。

主水が小田原へもどって間もなく、上泉伊勢守信綱が世を去った。

容姿も祖父に生き写しで、剣聖信綱直伝の剣のわざを身につけた主水は、つねに先陣きって敵中へ斬《き》り込み、その背中につけた、

——浅葱撓《あさぎしない》
の旗差物の行くところ、敵なしと勇名を馳《は》せるようになった。

撓とは、横棒を使わず、縦だけに竿《さお》を入れた、特殊な形状の旗差物である。風を受けると、大きくしなうので、その名がある。

浅葱色、すなわちあざやかな水色の旗をしなわせながら、主水の手勢がはやてのように戦場を疾駆《しっく》すると、敵が恐れて道をあけるほどだった。

そのため、関東の諸将は上泉主水に遠慮して、浅葱色の旗指物を用いる者が誰《だれ》ひとりなかった。

（この関東で、おれは祖父以上の剣名をとどろかせてみせよう……）

主水の野望は、しかし、ついに叶《かな》うことがなかった。

天正《てんしょう》十八年（一五九〇）七月、小田原北条氏は豊臣秀吉の二十万を超える大軍に攻

められ滅亡。代わって、関東には秀吉から国替えを命じられた徳川家康が入った。

上泉主水は牢人《ろうにん》になった。

流浪《るろう》の暮らしを送っていた主水の勇名を聞き、

「浅葱撓の上泉どのを、ぜひとも当家にお迎えしたい」

と声をかけてきたのが、先代謙信以来の勇武の家柄で知られる上杉家だった。いまから三年前、慶長《けいちょう》二年（一五九七）春のことである。

「何を考えておった」

前田慶次郎が草むらに腰を下ろした。

慶次郎は主水よりも、十数歳年上である。六十をすぎた老将だが、かといって老け込んだところはいささかもなく、十七、八の若者以上に潑剌《はつらつ》たる壮気に満ちあふれていた。

それは主水も同じで、この出羽の戦場へ来てから、一度に十も二十も若返ったような気がする。

「歌でも詠めぬものかと思うてな」

所在なくススキの穂を折りながら、主水は言った。

「おぬしが歌か」

「うむ」

「よせよせ、柄に似合わぬ」

慶次郎が豪快に笑った。

つられて、主水も笑う。

「先ほどから、直江どのがおぬしを探しておられたぞ」

上杉家の執政、直江山城守兼続が本陣をしく、

——菅沢山《すげさわやま》
を仰いで慶次郎が言った。

「直江どのが、わしを?」

「おうさ。直江どのは、このいくさに賭《か》けておられる」

「その思いは、われらも同じ」

「いまから、腕が鳴るのう」

「しかし、よもやかようないくさになろうとは……」

主水はかすかに眉《まゆ》をひそめた。

太閤《たいこう》秀吉亡きあと、徳川家康が天下簒奪《さんだつ》の野心をあらわにしたとき、上杉家はこれと対決の姿勢を鮮明にした。

秀吉との誓約を破り、公然と派閥づくりをはじめた家康に対し、

――そのような行為は義にもとる。

と、上杉景勝、直江兼続主従は不快の念をあらわにした。

会津若松郊外の神指原《こうざしはら》に新城を築きはじめた上杉家の動きを見て、家康は会津討伐の陣触れを発し、東征軍十二万がこれに従った。上杉景勝、直江兼続主従は、奥州《おうしゅう》の関門、白河の革籠原《かわごはら》に東征軍を引き入れ、一気に殲滅《せんめつ》する秘策を立てた。

しかし、この作戦は実行に移されなかった。石田三成《みつなり》が上方で挙兵したため、その報を聞いた家康が、下野小山《しもつけおやま》から軍勢を西へ取って返したのである。

上泉主水、前田慶次郎をはじめとする組外の衆は、

「いまこそ出撃のときだ。背後を衝《つ》き、敵を殲滅する絶好の機会ではないか」

と、主張した。

執政の直江兼続もこれに賛同したが、当主景勝が、追撃策をしりぞけたため、上杉、徳川の決戦は幻《まぼろし》におわった。

一方――。

家康西上の知らせに、あわてふためいた者たちがいた。

陸奥岩出山《むついわでやま》の伊達政宗《まさむね》と、出羽山形の最上義光《もがみよしあき》である。彼らは徳川軍と連携し、上

杉領を北方から侵す手はずになっていた。

家康が西へ軍を返したいま、上杉軍の攻撃の矛先《ほこさき》は、北の伊達、最上に向けられることとなった。

上杉軍はまず、伊達を討つべく信夫《しのぶ》郡の福島城へ軍勢をすすめた。

しかし、精強をうたわれる上杉との正面対決は不利とみた伊達政宗は、ただちに降伏の使者を送り、

「徳川の本拠、江戸を攻めんとするならば、わが伊達家が先鋒《せんぽう》をつかまつりましょう」

と、恭順の意をしめした。

このため、上杉軍は攻撃目標を、いまだ態度を明らかにしていない山形の最上義光に転ずることとなったのである。

直江兼続を大将とする上杉軍二万が米沢を発したのは、九月九日。

先陣　春日元忠《かすがもとただ》
二陣　芋川守親《いもかわもりちか》
三陣　上泉主水泰綱、前田慶次郎ら
本陣　直江兼続

後陣　松本杢之助《もくのすけ》、高梨兵部丞《たかなしひょうぶのじょう》ら
軍目付《いくさめつけ》　水原親憲《すいばらちかのり》
という編成である。
主水の手勢は本来、百あまりだが、前田慶次郎ら組外衆四千五百の軍勢をひきいる第三陣の大将の重責を与えられた。
最上領へ入った上杉軍は、破竹の勢いで進撃。十三日早朝、江口五郎兵衛《えぐちごろうびょうえ》父子の守る畑谷《はたや》城に猛攻を仕掛け、これを陥落させた。
上杉軍は勢いに乗り、簗沢《やなざわ》城をはじめとする最上方の支城三十余を落とし、最上義光が籠《こ》もる山形城の前衛、長谷堂《はせどう》城をかこむに至った。

三

上泉主水泰綱は、菅沢山の本陣に直江兼続をたずねた。
床几《しょうぎ》に座した兼続は、少し疲れているように見えた。
（めずらしいことだ……）

主水は思った。

主君景勝の全幅の信頼を受け、若いころから上杉家の内政、外交を取り仕切ってきた兼続も、今年四十一になる。

男として脂の乗り切った年齢であるが、満を持して白河の革籠原で東征軍を迎え撃つ策が、戦わずして幻と消え、さすがに心境に微妙な変化があらわれているように思われた。

（これほど大きな挫折《ざせつ》は、かつてこの男になかったにちがいない）

主水は兼続という男が好きだった。

どこまでもまっすぐに、亡き上杉謙信直伝の、

——義
の理想を追い求めているようでありながら、謙信にはなかった柔軟な思考もそなえている。

秀吉の遺命にそむいた徳川家康と戦うことが、上杉家の〝義〟とはいうが、

（本心では、西の石田三成と意をあわせ、上杉家を東国の覇者にのし上げようとしているにちがいない……）

革籠原の策が破れたのち、すぐに北の伊達、最上討伐に乗り出した兼続の行動が、

それを何よりあらわしている。

その意味では、兼続もまた、家康と同じ、天下に野望を抱く一流の策謀家だった。

だが、主水が兼続という男に惚《ほ》れ込んだのは、その策謀が家康のごとく私《わたくし》の欲望から発したものではなく、公《おおやけ》の精神から発しているように思われるからだった。

（さもなければ、これほどの才腕の持ち主が、どこまでも主君の景勝さまを立て、陪《ばい》臣《しん》の身にあまんじているはずがない……）

主水は、いつも前だけを見つめて走りつづけている直江兼続に、秋の風のごとき冷たく冴《さ》えた爽《さわ》やかさを感じるのである。

「お呼びとうかがいました」

剣の使い手らしく、主水は隙《すき》のない姿勢で折り目正しく頭を下げた。

「上泉どの、これへ」

兼続は目の前の床几を、軍扇でしめした。まわりには、春日元忠、芋川守親、松本李之助、高梨兵部丞らがすわっていた。どうやら、長谷堂城攻めの軍議の最中だったらしい。

上泉主水をはじめ、あとから上杉家に来て高禄をもらっている組外の者は、上杉家古参の彼らから、どこか冷たい目で見られていた。むろん、それを気にする主水ではない。

男たちの前を悠然《ゆうぜん》と横切り、主水は兼続がすすめる床几にどっかと腰を下ろした。

「去る川股《かわまた》の戦いでは、上泉どのの武功は抜群だった。会津若松の景勝さまも、貴殿の鬼神のごとき武者ぶりをお聞きになり、いたくお喜びなされたそうだ」

「さほどのことでもござらぬ。武功を挙げるのは、扶持《ふち》をいただく身として当然のこと。殿よりまかされた城を留守にして、妻女の見舞いに行くなど、それこそ武士として言語道断ではござらぬか」

主水の言葉に、その場にいた者たちがあからさまに嫌な顔をした。

主水が言うのは、奥州刈田《かった》郡の白石《しろいし》城が伊達政宗に攻められたとき、守将の甘糟備後守景継《あまかすびんごのかみかげつな》が瀕死《ひんし》の妻を見舞うために会津若松へ行き、その留守中、伊達勢の猛攻を受けて落城したことである。

急を聞いた直江兼続は、上泉主水泰綱をはじめ、本村《ほむら》酒造丞《みきのじょう》、車丹波《たんば》、榎並三郎兵衛《えなみさぶろうべえ》の四将に五千の兵をつけ、白石城へ急行させた。

時すでに遅く、四将は白石城を奪還することはできなかったが、

桑折《こおり》城

小手内《こてうち》城

川股城

など、伊達軍の前戦基地をことごとく攻め取ることに成功した。

小手内城の戦いでは、浅葱摬の旗指物をなびかせた上泉主水の勢が、他の三将が攻めあぐねていたところへ、唯一、城門を打ち破って突入。敵の首七十三級をあげたほか、四十余人を討ち捨てにした。

「上泉どのを呼んだのは、ほかでもない。ぜひとも、武勇で鳴る貴殿の意見を聞きたいと思ってな」

兼続が言った。

「直江どのは、いかなる策をお持ちでござる」

主水が身を乗り出すようにして聞くと、兼続は切れ長な目を底光りさせ、

「わが勢は二万。対する長谷堂城の勢は、わずか五千とはいえ、城将志村伊豆守光安《いずのかみあきやす》は評判の勇武の将で、城兵たちの士気も高いと聞く。これを一気に攻め落とすことは、難しいと考えている」

「それがしも同意見です」

「そこでだ」

と、兼続が目の前に広げた周辺の指図に視線を向けた。

「このさい、長谷堂城にこだわるのはやめようと思う」

「わかりませぬ……。長谷堂城を攻めずして、いったい何をなさろうというのです」

主水は眉間《みけん》に皺《しわ》を寄せた。

「首を獲《と》る」

「首……」

「敵将最上義光の首だ」

その言葉を聞き、

——あッ
と、主水は思わず息を呑《の》んだ。

「われらの目的は、長谷堂城を落とすことではない。あくまで山形城の最上義光の首を獲ることだ」

「しかし、長谷堂城を落とさぬかぎり、山形城へは軍勢をすすめられますまい。そのようなことをすれば、長谷堂城の勢に背後を衝かれるだけ」

「城へ攻め込むのではない。山形城から義光を引きずり出すのだ」

直江兼続の考えた策は、次のようなものだった。

上杉軍の主力は長谷堂城ではなく、北の門伝《もんでん》あたりにひそませておく。長谷堂城救援のため、最上義光自身が須川《すがわ》を渡って駆けつけたとき、ひそんでいた主力が横合いから襲いかかり、野戦に持ち込んで討ち果たそうというのである。

「古くは、武田信玄が遠州浜松城から徳川家康を引きずり出し、野戦をおこなって大敗させたという例もある。長谷堂城にこだわり、無駄な時を費やしているより、このほうがよほど早く決着がつく」

兼続は、みずからの策に自信を持っているようであった。

しかし、主水はそうは思わなかった。

「それは、愚策にございますな」

「愚策とな……」

兼続の顔色が変わった。

四

「さよう」

主水は顎《あご》を引いて深くうなずいた。

「野戦は城攻めと異なり、戦場で何が起きるかわかりませぬ。勝負は時の運、勝つつもりが、取り返しのつかぬ大敗を喫する恐れもございます」

「上泉どのは、バクチを恐れるか」

兼続の声が知らず知らず、高くなっていた。

「恐れはいたしませせぬ。ただ、いまはまだ、そのときではあるまいと……」

「解《げ》せぬことを申される。いま賭けに打って出ずして、いつ勝負をするというのだ」

「西のいくさの趨勢《すうせい》が決まってからでも遅くはありますまい」

主水は言った。

目下のところ、上杉軍が敵にまわしている山形城の最上義光、帰趨のさだかでない岩出山の伊達政宗――彼らはすべて、徳川家康の勝利に賭けている。

しかし、勝負は五分と五分。

必ず家康が勝利するとはかぎらない。

家康が負ければ、危険なバクチを打つまでもなく、しぜんと最上、伊達は、上杉の軍門に降《くだ》ってくる。

むしろ、西の決戦の行方をじっくりと見定めて、

「そのうえで、次の一手を打つべきではござるまいか」

上泉主水は主張した。

「上杉軍はこれまで破竹の勢いで進撃し、最上勢を十分に弱らせております。西国の戦況を睨《にら》みつつ、会津若松のお屋形《やかた》（景勝）さまに援軍を要請し、羽州街道の上山城《かみのやま》を落として、同時に伊達の動きを牽制《けんせい》するのです。焦っては、負けにござる」

「わしが焦っているとでも、申すのか」

いつも冷静な直江兼続の表情が、引きつったようにこわばっていた。

「直江どのは、わが新陰流に転《まろばし》というものがあるのをご存じか」

「転だと？」

「玉を転がすように、つねに自由自在に剣をあやつる兵法の極意。その柔軟な心の働きを失ったとき、いかなる剛剣の使い手も敗れ去るもの。直江どのがいまやろうとしてるのは、目先の勝利に目がくもった策のように、それがしには見えまする」

「わしに、黙って西のいくさの行方を見ていよということか」

「無駄なバクチは打たぬがましと申し上げているのです」

「石田治部少輔《じぶのしょう》らが、徳川を相手に命がけの大いくさを挑んでいるときに、何もせず、ただ指をくわえて待てと……」

「それも、兵法のひとつかと存じます」

「上泉どの」

直江兼続が目を据えた。

「貴殿がさような卑怯者《ひきょう》とは、思うておらなんだ」

「卑怯とは異なことを」

「これを卑怯と言わずして何と言う。新陰流の極意か何かは知らぬが、戦わずに漁夫《ぎょふ》の利をもとめるような法は、わが上杉家にはない」

「頭を冷やされよ、直江どの。わしが惚れ込んだ貴殿は、意地や面子《メンツ》にこだわらず、もっと柔軟に、大局に立って物事を考える男だったはず……」

「このような急場にのぞんで、味方の士気を挫《くじ》くような言動はお控え願いたい。上泉どのの浅葱撓の旗指物は、関八州の諸将がこればかりは遠慮して、同じ旗の使用をはばかると聞きおよんでいたが、それは虚言であったのか」

言い合っているうちに、しだいに気が高ぶってきたのであろう、直江の仮借《かしゃく》のない舌鋒《ぜっぽう》は、主水がもっとも誇りとしてきた浅葱撓の旗指物にまでおよんだ。

つね日ごろから主水を快く思っていない春日元忠や芋川守親らが、

（それ見たことか……）

といった表情で、失笑を洩《も》らしている。

瞬間、主水は総身の血がさっと冷えていくのを感じた。

「これは、直江どののお言葉とも思われぬ。それがしは生まれてこの方、人前で卑怯者呼ばわりされたおぼえはござらぬ。ましてや、浅葱撓の旗指物を虚言とは……」

「いささか言いすぎたやもしれぬ」

さすがに感情に走りすぎたと思ったか、直江兼続がやや蒼《あお》ざめた顔で言った。

「いや、直江どののご存念、いまのひとことでわかり申した。ほかに御用がないのであれば、それがしはこれにて御免」

一礼するや、上泉主水はあとも見ずに菅沢山の本陣をあとにした。

五

その夜——。

菅沢山のふもとにある主水の陣を、前田慶次郎がたずねてきた。酒を入れた大瓢簞《おおびょうたん》を持参している。

「直江どのと喧嘩《けんか》をしたそうだな」

慶次郎はどっかとあぐらをかき、主水の前に、これもどこかから持ってきたらしい朱塗りの合六椀《ごうろくわん》を置いた。

「そう、深刻な顔をするな。直江どのはいま、われらが知っている冷静な直江どのではなくなっている」

「………」

「練りに練った白河での迎撃策が不発におわり、兵を返す徳川勢を追撃せんとするも、それを景勝さまに止められた。はた目には平静なふうにも見えるが、それからずっと頭に血がのぼっている」

「そうかもしれぬ」

「最上攻めの陣をもよおしたが、畑谷城では、かつて一度もやったことのない撫《な》で斬《ぎ》りをなされている。ようするに、勝ちを焦っているのだ」

「それくらい、わかっておるわ」

慶次郎が大瓢簞から注《つ》いだ濁り酒を、主水は水のように一息で飲み干した。

「わかっていても、許せぬこともある。わしがいつ、卑怯な振る舞いをした。十六の年に初陣を果たしてよりこの方、命惜しみをしたことはただの一度もない」

「直江どのも、心ないことを申されたものよのう。しかし、このような非常時だ。誰でも頭に血がのぼる」

慶次郎はみずからも、合六椀の酒をあおった。

「わしは景勝さまと直江どのに惚れ込んで、骨を埋める気で上杉家に押しかけてきたが、わしのようなかぶいた男でも、時おり、しょせんおのれはこの家では余計者ではないかと心寂しくなることがある」

「前田どのもか」

冷たくなっていた主水の手足の先に、ゆるゆると酒の酔いがまわり、胃の腑《ふ》が熱くなってきた。

剣の修行をしていたころから、兵法者の心得として酒をたしなまぬようにしていたが、この夜ばかりは痛飲せずにはいられない。

「われら組外の者は、ほかの者どもの何倍も命がけの働きをし、上杉家のために尽くしている。その見返りが、直江どののあの言葉か……。わしも、おぬしと同じく直江どのに惚れている。なればこそ、胸に痛く突き刺さったわ」

「言わぬことじゃ」

と、慶次郎が主水に酒をすすめた。

「わしらは上杉家に仕えながら、誰にも縛られぬ自由な心を持っている。いまの上杉家で、執政の直江どのに意見を言える者がおるとすれば、それはわれらしかおらぬ」

「…………」

「わしは野戦には賛成だが、もし、直江どのが道を踏みあやまりそうだと思ったときは、おぬしのように遠慮会釈なく物を言う。扶持《ふち》など、何ほどのことはない。それが組外の誇りよ」

「このいくさ、貴殿はどうなると思う、前田どの」

主水はふと、不安に駆られて聞いた。

主水の心中は、前田慶次郎とはやや異なっている。

上杉家が戦いに勝利し、関東から北陸、奥州、出羽におよぶ広大な領土を手にしたあかつきには、おのが働きに見合う恩賞として、

(あわよくば一国、少なくとも半国は下されるのではないか……)

という思いがあった。

主水の望みは、そこにかつての仲間を呼び集め、北条家を再興することにあった。主水の妻は北条家の一門にあたり、主水自身も北条の三ツ鱗の紋の使用をゆるされていた。

その大きな望みがあればこそ、上杉家でもつねに戦場を真っ先駆けて戦い、多くの首級をあげてきた。

(この戦い、是が非でも勝たねばならぬ……)

そうした気持ちがあるからこそ、直江兼続の奇策に反対し、より確実に勝てる道をしめしたつもりであった。

「どうなるか、か」

慶次郎は毛嬬《けずね》を掻《か》いた。

「それは、お天道《てんと》さまだけが知っているだろう。われらはただ、戦場でおのれの漢《おとこ》をつらぬけばいい。そうではないか、主水」

「漢のつらぬき方にもいろいろある。わしは、勝つためにこそ戦いたい。小田原で経験したような滅びは、二度と御免だ」

主水は酒をあおった。

六

長谷堂城をかこんだ直江軍は、翌十五日の早朝から攻撃を開始した。

長谷堂城は、小丘陵に築かれた山城《やまじろ》である。ふもとに水濠《みずぼり》をめぐらし、そのまわりは足場の悪い深田《ふかだ》や湿地にかこまれている。守るに易《やす》く、攻めるに難《かた》い要害であった。

直江兼続の真の狙《ねら》いは、長谷堂城ではなく、背後の山形城にいる最上義光をおびき出すことにある。ために、あえて散発的な仕かけに留め、総攻撃には打って出なかった。

逆に、積極的に仕かけてくるのは城方のほうで、各所で小規模な戦闘が起きた。

深夜になって、城から打って出た大風右衛門《おおかぜうえもん》、横尾勘解由《かげゆ》ひきいる二百の精鋭が、菅沢山の北麓《ほくろく》に陣する春日元忠隊に夜襲をかけてきた。

就寝していた春日隊の将士は、あわてて具足を身につけ、槍《やり》を取って防戦した。だが、夜中のことゆえ、敵も味方もわからず、同士討ちまで起きる始末である。

春日隊を混乱におとしいれた城方の勢は、そのまま山のいただきの直江兼続の本陣をうかがう気配をみせた。だが、堅い守りにはばまれ、本陣へは近づくことができずに城内へ引き揚げた。

翌朝、山形城から鮭延秀綱《さけのぶひでつな》を主将とする旗本百騎、鉄砲隊二百が長谷堂城へ派遣されてきた。

この時期の山形盆地特有の深い朝霧のなか、鮭延らは上杉軍の監視の目をかいくぐり、城内へ入った。

明くる十七日、伊達政宗の重臣留守政景《るすまさかげ》ひきいる二千七百の軍勢が、笹谷峠《ささやとうげ》を越えて、最上方の援軍にあらわれた。

一度は上杉方に恭順の意をしめしながら、その舌の根も乾かぬうちに兵を繰り出してきたのである。

　意を強くした最上義光は、

「一刻も早くわれらと合流し、ともに上杉勢にあたるべし」

と、伊達勢の山形城入りをうながす使者を送った。

　しかし、伊達勢はなぜか峠をやや下った小白川《こじらかわ》の地で留まり、戦況を傍観したまま、山形城に入る気配をみせない。

「何のための援軍だッ！」

　最上義光は歯ぎしりしたが、留守政景は主君政宗から、勝負の行方がはっきりするまで、旗色を鮮明にするなと厳命を受けている。どちらに転んでも損はしないという、したたか者の伊達政宗らしい戦略である。

「伊達はあてにならぬ」

　どっちつかずの態度に業を煮やした最上義光は、盛岡城主の南部利直《としなお》にも援軍を要請した。

　もとめに応じた南部利直は、みずから三千の軍勢をひきいて南下。糠部《ぬかのぶ》産の駿馬《しゅんめ》を駆り、山越えで五十里（二百キロ）あまりの遠路を走りとおして、山形城へ救援に駆けつけた。

その間、直江兼続は動かなかった。

長谷堂城攻めにてこずっているふうをよそおいながら、最上義光が山形城から出るのをひたすら待ちつづけた。

伊達勢が日和見《ひよりみ》をするのは、兼続の計算のうちである。

(利にさとい者は、利になびく。打ち捨てておけばよい……)

最上義光と兼続のぎりぎりの根比べになっていた。

「最上は出ぬのう」

上泉主水とともに物見台に立った前田慶次郎が、退屈でならぬというように皆朱《かいしゅ》の槍をたたいた。

「わしの言ったとおりではないか」

主水は苛立《いらだ》ちを隠さない。

「最上義光は古ギツネのごとき老獪《ろうかい》な武将よ。そうやすやすと、罠《わな》にかかっておびき出されるはずもなし」

「文句を言うな。大将の直江どのが決められた策じゃ。われらはそれに従うのみ」

「やはり、会津若松の景勝さまに援軍をお頼みすべきだ。このままでは、最上の首を獲るどころか、長谷堂城ひとつ落とせず、ずるずると長いくさになろう」

「また、直江どのと喧嘩をするか」

「ひとつの事象に心をとらわれれば、兵法の勝負は必ず負ける。そのようにならねばよいが」

「あれでなかなか、直江どのも頑固なお方だからのう」

慶次郎は喉《のど》をそらせて笑ったが、主水は笑わなかった。一流の剣の使い手特有の勘で、妙な胸さわぎをおぼえていた。

息づまるような対陣をつづけるうちに、急速に秋が深まってきた。

冷たい霖雨《りんう》がつづき、それがようやく上がった九月二十一日の夜——。

本陣の兼続から、諸将に急な呼び出しがかかった。

呼ばれたのは、春日元忠、芋川守親、松本杢之助、高梨兵部丞、水原親憲、そして組外御扶持方からは上泉主水泰綱のみである。

陣幕のうちに入ると、そこには異様な空気がただよっていた。

篝火《かがりび》に照らし出された直江兼続の端正な顔が、つねよりも翳《かげ》深く、やや斜め前に向けた視線が心ここにあらぬように、どこか虚《うつ》ろに見えた。

（何かあったな……）

主水は直感した。

全員が床几に腰を下ろすと、兼続がおもむろに口をひらいた。

「今夜より、全軍撤退の準備をはじめる。みな、そのように心得よ」

「撤退でございますと」

副将格の春日元忠が目を吊《つ》り上げた。

「いくさはまだ、これからではありませぬか。もしや、会津若松のお屋形さまの身に何かあったのでは」

「そうではない」

兼続は憮然《ぶぜん》とした表情で首を横に振った。

「されば、なにゆえにッ」

春日元忠のみならず、男たちは身を乗り出さんばかりにして兼続を見つめた。

「先ほど、わが陣へ急使が来た。上方の石田治部少輔どののもとに付けていた早足の修験者だ」

「して、その者は何と？」

「…………」

元忠の問いに、直江兼続はしばらく瞑目《めいもく》し、腕組みしたまま答えなかった。

やがて、決然と顔を上げると、

「去る九月十五日、美濃国《みののくに》関ヶ原において、石田どののひきいる西軍、徳川内府《だいふ》家康ひきいる東軍とのあいだで決戦がおこなわれた。早朝よりはじまったいくさは、同日午《ひる》すぎには決着。東軍勝利、西軍は敗走」

兼続は淡々と、書物でも読み上げるように告げた。

七

重苦しい時間《とき》が流れた。

誰か、声なき嗚咽《おえつ》を洩らす者があったかもしれない。

上泉主水は、拳《こぶし》を握りしめたまま、ただ茫然《ぼうぜん》としていた。

（信じられぬ。西軍が敗走……。それも、たった半日の戦いで……）

踏みしめている足元が、音を立てて崩れてゆくような気がした。とっさには、何を考えることもできない。その場にいた誰もが、同じ思いであったろう。

ふたたび口をひらいたのは、やはり、兼続その人であった。

「われらに意気消沈している暇《いとま》はない。この事実が敵につたわる前に、最上領を撤退して米沢へもどる」

「まわりは敵ばかりでございますぞ、直江どの。最上、南部ばかりか、ようす見をしている小白川の伊達勢も、かさにかかって襲ってまいりましょう」

軍目付の水原親憲が言った。

まさしく、そのとおりであった。

上杉軍は最上領の奥深く、山形城とは指呼の間まで攻め込んでいる。振り返れば、すなわち、敵中のただなかに取り残されたということでもある。

——全滅
の二文字が、将たちの頭を暗くよぎった。

「知らせが敵方に届くには、まだ時がかかる。わが陣に駆け込んできた修験者は、非常時の連絡役として石田どののもとへ留め置いていた者だ。徳川の使者が馬を飛ばして最上陣に達するには、あと数日はかかろう。この天があたえた時を使って、われらが何をするかだ」

直江兼続が落ち着いた口調で言った。

その表情からは、昨日までの焦りや高ぶりが嘘《うそ》のように消えている。沈着冷静な元のこの男にもどっていた。

(ことここに至り、肚《はら》をくくったか)

主水は、危機に動じるどころか、かえって怜悧《れいり》な分析をおこなっている直江に、将たる者の器を見た。

（それでこそ、おれが見込んだ男……）

あの喧嘩以来、胸にわだかまっていた不信感がやや薄らいできた。

「われらは生きて、米沢へもどる」

兼続が言った。

「西軍惨敗によって、徳川に敵対した上杉家は苦しい立場に追い込まれる。そのときのためにも、軍勢は無傷のまま温存しておかねばならぬ。必ず、生きて国ざかいを越えようぞ」

兼続の力強い言葉は、いっとき絶望感に打ちのめされていた将たちに、ふたたび生きる希望をあたえた。

「直江どのの申されるとおりだ」

「このようなところで犬死にはできぬわッ！」

「上杉領の土を踏むぞ」

男たちが口々に声を上げた。

俄然《がぜん》、軍議は熱を帯びてきた。

まず第一に、直江兼続は将たちに箝口令《かんこうれい》をしいた。西軍の敗報は、断じて敵に知られてはならない。末端の兵たちに事実がつたわれば、まぎれ込んだ間者に、情報が洩れるであろう。

次に問題になるのは、撤退路の確保であった。

山形と米沢をつなぐ幹線の羽州街道は、途中、上山城を落とすことができず、通行が不可能になっている。

直江軍は、羽州街道とは別の、
小滝道
狐越《きつねご》え道
を通って、長谷堂に達していた。

「羽州街道は通れませぬ。とすれば、来たときに通った小滝道、狐越え道をもどるしかございますまい」

春日元忠が嗄《しゃが》れた声で言った。

「しかし、小滝道、狐越え道は、山なかの荒れた道。二万の大軍がこれを短時間に引き返すのは難しい」

渋面をつくったのは、芋川守親である。

「どちらを選ぶかといえば、山深い狐越え道よりも、少しはましな小滝道を全軍が引き返すしかありませぬな」

「いや、それはならぬ」

直江兼続が首を横に振った。

「敵も、われらが小滝道を大挙して引き返すと思うにちがいない。それこそ、敵の追撃の格好の目標になる。小滝道の撤退軍はわずかな人数にとどめ、主力は狐越え道をゆく」

「敵の裏をかくのじゃな」

不識庵謙信以来、つねに上杉軍の第一線で戦ってきた老将の水原親憲が、喜々とした表情で言った。

「ただし」

と、兼続は声をひそめた。

「狐越え道は山越えの難路ゆえ、そのままでは迅速な撤退は難しい。よって、関ヶ原の知らせが敵に届くまでに、急ぎ、難所の道幅をひろげ、進路をさまたげる下枝や藪《やぶ》を伐《き》り払う」

「道の要所、要所に、防塁と塹壕《ざんごう》をもうけられてはいかがか。防塁、塹壕に鉄砲隊をひそませ、追いすがる敵に銃撃を加えるのでござる」

上泉主水は、兼続の目を見て言った。

「わしもそう思っていた」

兼続がうなずいた。

「よいか、みな。敵が銃撃におどろいて退《ひ》いたら、すかさず次の防塁、塹壕に退却する。また追いすがってくれば、これを撃つ。この繰り返しで、全軍の撤退をはかる」

「不識庵さまの懸《かか》り引きと同じでござりますなあ」

水原親憲が楽しくてならぬといったように、喉をそらせて笑った。

「して、殿《しんがり》は誰が」

春日元忠が聞いた。

退却戦は、敵がかさにかかって追撃してくるため、ただでさえ困難をきわめる。ことに全軍の殿は、命を捨てる覚悟がなければつとまらない。

——それがしが……。

と、主水は床几から腰を上げようとした。いつかこのようなときが来るのではないかと、祖父上泉伊勢守のもとで剣の修行をはじめたときから、ずっと思っていた。

(いまこそ、漢《おとこ》が命を懸けるとき……)

だが、主水が立ち上がるより早く、

「わしがやる」

一同を見渡して言い放った者がいた。

大将の直江兼続であった。

八

菅沢山の自陣にもどった主水は、その夜、まんじりともせずに過ごした。

すでに、撤退準備は隠密裡《おんみつり》にはじまっている。粛々《しゅくしゅく》と、だが兵たちが機敏に動き、上杉軍の存亡を賭けた撤退戦を展開しようとしていた。

冴《さ》えた星のまたたく夜空を見上げながら、主水は考えていた。

（直江どのはなぜ、みずから殿をつとめるなど言い出したのか……）

大将が殿をかって出るなど、古今、聞いたためしがない。春日元忠や水原親憲ら、将たちが必死に止めたが、兼続は聞く耳を持たなかった。

「最初から決めていたことだ。こればかりは、人にゆずれぬ」

唇でかすかに笑った兼続の表情に、主水は死を覚悟した者のみにただよう静謐《せいひつ》な雰囲気を感じていた。

（関ヶ原は東軍の勝利におわった。たとえ、この撤退戦が成功したとしても、上杉家にはこの先、棘《いばら》の道が待っている。直江どのは、その道に上杉家を導いた責任を、おのが命をもって贖《あがな》おうとしているのだ）

その気持ちは、主水にも手に取るようにわかった。

いくさは必ず一方が勝ち、一方が負ける。負けた者には厳しい現実が待っている。それは、小田原落城を経験した主水自身が、痛いほどによく知っていた。

（北条再興の夢も、これで潰《つい》えたか……）

あれほど強く望んでいたにもかかわらず、夢破れたいま、主水はかえってさばさばしていた。爽涼な風が胸の奥を吹きわたっている。

いさぎのよい兼続の態度を見たせいかもしれない。

漢はみな、空に虹《にじ》をえがくような夢を抱く。それが叶う者もいれば、時流に合わずに叶わぬ者もいる。

だが、それを目指してひたむきに走っている瞬間、漢の命はつかの間の美しい光芒《こうぼう》を放つ。

（よき夢を見た……）

またたきもせず空を見つめる主水の瞳《ひとみ》に、一筋の星が流れた。

上杉軍の撤退がはじまったのは、関ヶ原の敗報が届いた五日後、九月二十六日のことである。

昼夜を分かたずおこなった道普請により、狐越え道の隘路《あいろ》は、軍勢がすみやかに通行できるようになっていた。また、急ごしらえながら銃撃隊が身をひそめるための防塁と塹壕も完成している。

兼続は、その狐越え道と小滝道の二手から、百人、二百人と、軍勢を米沢へ向けて退却させた。

その一方、長谷堂城へ向けて攻撃をおこない、各陣に多数の幟《のぼり》を立てつつ、炊飯の煙を上げるなどして、撤退の気配を敵に気づかれないようにする。

幸い、二十八日までは、最上方が事態に感づくようすもなく、半数の兵が無事に前線から姿を消した。

しかし、翌二十九日になって、敵の動きに変化があらわれた。

「山形城の最上勢が押し出してまいりましたッ！」

菅沢山の本陣に、急を告げる斥候《せっこう》が飛び込んできた。

「ついに来たか」

兼続は指揮棒がわりの小竹の杖《つえ》を握りしめた。関ヶ原の東軍勝利が、最上方にもつたわったのだろう。

「戸上《とがみ》山の水原勢に伝令を送れ。須川東岸に出撃し、敵を食い止めよッ！」

すでに、芋川守親隊、松本杢之助隊ほか、半数近くの部隊が撤退をしている。残っているのは、兼続の本隊のほか、水原親憲隊、春日元忠隊、上泉主水ひきいる組外衆の隊など、総勢一万ほどだった。

主水の隊にも出撃命令が下された。

金の御幣《ごへい》の前立兜《まえだてかぶと》に当世具足、村正《むらまさ》の大身《おおみ》の槍《やり》を引っさげた上泉主水は、黒鹿毛《くろかげ》の愛馬に、

「行くぞッ！」

と、鞭《むち》をくれた。

上泉隊は、春日隊とともに須川岸に急行。川を挟んで、最上勢との激戦を展開した。

押し出してきたのは、山形城の最上勢だけではない。

長谷堂城からも三千の兵が繰り出された。城方は鉄砲、弓矢を放ちながら、手薄となった直江兼続の本陣に迫ってくる。

本陣からは、兼続直属の与板衆が山を下りて出撃。長谷堂勢を必死に食い止める。しかし、長谷堂勢は意気さかんである。こちらにも、すでに関ヶ原の情報が広まっているらしい。

長谷堂勢と与板衆は真正面からぶつかり、槍、刀での激しい白兵戦になった。あたりは足場の悪い湿地であるため、敵も味方も泥まみれになり、ぬかるみに足を取られながら戦った。

長谷堂の戦いで最大の激戦である。

やがて、与板衆のほうが押されはじめた。菅沢山のふもとに、長谷堂勢が喚声《かんせい》をあげて押し寄せてくる。

馬上で村正の槍を振るい、縦横無尽に敵を薙《な》ぎ倒していた主水は、

「本陣が危ないッ！」

叫ぶや、黒鹿毛の首を菅沢山のほうへめぐらせた。

「どこへ行く、主水」

皆朱の槍を振りまわしていた前田慶次郎が、主水の背中に声をかけてきた。

「本陣に加勢にゆく」

「直江どのからは、須川を防げと命じられておるぞ」

「本陣が崩れれば、われらもおわりじゃ。わしが卑怯者でないことを、直江どのにご覧に入れよう」

「主水ッ！」

慶次郎の叫びを背後に聞きながら、主水は菅沢山に向かってまっしぐらに駆けた。

浅葱撓の旗指物がたわみ、ハタハタと風にたなびいた。関東の野を駆けめぐっていたころの壮気に満ちた記憶が、主水の全身によみがってきた。手綱を握る指先が熱い。

主水の手勢百余が、あざやかな浅葱撓の旗指物をつらねてあるじを追いかけた。

浅葱色の竜が、戦場を駆け抜けていく。

菅沢山のふもとに群がる長谷堂勢の横合いに、その竜が牙《きば》を剝《む》くように一直線に突っ込んだ。

泥にまみれた敵を、主水は突き伏せ、薙ぎ倒し、たちまち五騎を屠《ほふ》った。剣の漢、上泉主水の前に、まさに敵なしである。

主水の叔父で剣の達人の有綱《ありつな》、行綱《ゆきつな》も、返り血を真っ赤に浴びながら阿修羅《あしゅら》のごとく槍を振るった。

百騎の上泉勢は、わずか一刻《いっとき》も経《た》たぬうちに、長谷堂勢百五十あまりを討ち取った。

主水の活躍により、劣勢に立たされていた与板衆は息を吹き返した。一気に反攻に転じ、敵を押し返す。

ふと気づくと、主水のまわりから敵の姿が消えていた。

さすがに疲れをおぼえ、肩で大きく息をしたとき、

「さすがは浅葱撓の上泉主水じゃな」

いつあらわれたのか、すぐ横に前田慶次郎が馬を寄せていた。

「おぬしのそばには、敵も恐れて近づかぬ」

「直江どのは？」

「ご無事であろう」

「そうか」

主水はうなずくと、手にしていた村正の大身の槍を、慶次郎に差し出した。

「何のつもりじゃ」

「わしの形見だ。直江どのに渡してくれ」

「なに」

慶次郎が目を剝いた。

主水は金の御幣の前立兜の下で、かすかに笑い、

「いっとき、押し返しはしたが、敵はふたたび態勢を立て直して攻め込んでくる。捨

て構えが必要となろう」

「捨て構え……。おぬし、まさか」

「そのまさかよ」

主水は目を細めた。

捨て構えとは、死を覚悟で敵中へ猛然と突っ込み、相手を震え上がらせ、身をもって追撃の足を鈍らせることをいう。

主水は、みずからその捨て構えをおこなうことを決意していた。

「ここがわしの死に場所だ。あとは頼んだぞ、慶次郎どの」

「槍はいらぬのか」

「新陰流の使い手に、槍は不要。わしには、剣があればよい」

主水は厚重ねの大刀を抜き、

「さらばじゃ」

沁《し》み入るような笑いを慶次郎にみせると、城へ退却する敵勢めがけ、単騎、突っ込んでいった。

「もどれーッ、主水」

慶次郎は叫んだが、その声はもはや、上泉主水の耳には届かなかった。

この日の戦闘で、上泉主水泰綱は壮烈な討ち死にを遂げた。

討ち取った敵は十数人。なかには、長谷堂勢随一の剛勇の士、漆山九兵衛《うるしやまくへえ》の名もある。

主水の首をあげたのは、金原七蔵《しちぞう》という美少年であった。

苛烈《かれつ》な斬り込みのすえに、深手を負い、田の畦《あぜ》で動けなくなった主水が、

「そなたの手柄にせい」

と、七蔵に声をかけたのである。死にぎわを、せめて華やかに飾りたかったのであろう。

主水が討ち死にを遂げた場所には、

――主水塚

が築かれ、いまも供養がおこなわれている。主水が捨て構えの突撃をおこなった翌日、直江兼続は菅沢山の本陣を引き払い、狐越え道を通って退却をはじめた。

追撃する最上勢、伊達勢を、謙信ゆずりの懸り引きの戦法で翻弄《ほんろう》。のちのちまで語り草となる、みごとな退却戦を演じ、犠牲を最小限にとどめて米沢へ帰還した。

のち、兼続は主水の一子、秀綱（祖父と同名）に家名を継がせ、上杉家に仕えさせている。

百戦百勝

本多政重

一

本多政重《ほんだまさしげ》は、その男の顔を見つめた。

──丈《たけ》高く、姿容美しく言語清朗なり。

と、古書に書きあらわされた男である。

まず印象的なのは、二重瞼《ふたえまぶた》の切れ長な目であろう。

一見したところ、柔和で涼しげな光をたたえた目だが、その奥には怜悧《れいり》な知性と、深い憂愁《ゆうしゅう》の翳《かげ》がただよっている。

目尻《めじり》に幾筋かの皺《しわ》が刻まれているのは、この男が歩んできた四十五年という道の険しさと、双肩にせおった責任の重さを物語っている。

弁舌さわやか──と聞いていたが、政重の前ではあまり多弁ではない。

物腰に悠揚《ゆうよう》とした厚みがあり、通った鼻筋と引き締まった口もとに、内に秘めた強《きょう》靭《じん》な意志があらわれていた。

これまで政重は、その目でさまざまな人間を見てきたが、

（このような男に、出会ったことがない……）

胸のうちで思った。

表面はやわらかく見えながら、懐が底知れぬほど深く、その肚《はら》がどこにあるのか見定め難い。

政重の実父本多正信《まさのぶ》も、人からは肚のつかめぬ男と言われている。一介の鷹匠《たかじょう》から徳川家康の謀臣にまでのし上がってきただけに、いざ政争となれば、いかなる詭道《きどう》も使い、人を陥れることも厭《いと》わぬ精神の暗さが、そのあばたの浮き出た面貌《めんぼう》に滲《にじ》み出ている。

しかし、目の前の男は、

（これが家康さまに、真っ向から不敵な挑戦状をたたきつけ、西の石田治部少輔《じぶのしょう》と呼応して、天下に大乱を巻き起こさんとした張本人か……）

と疑いたくなるほど、物静かなたたずまいを、ぴしりと伸ばした背筋にただよわせていた。

「よくぞまいられた、政重どの」

その男――直江山城守《なおえやましろのかみ》兼続が言った。

座敷に面した庭に、秋風が吹きわたっている。

米沢城二ノ丸の直江家の屋敷である。

あるじの山城守兼続は、出羽米沢藩上杉家の内政、外交、軍事を取り仕切る執政《しっせい》だが、その屋敷はけっして立派なものではない。

屋根は茅葺《かやぶ》きで、畳を敷いた部屋は一間もなく、梁《はり》も柱も黒く煤《すす》けていた。上級武士の屋敷というより、田舎《ざいごう》の百姓家にでも来たようである。

当の兼続の格好も、地味な栗皮《くりかわ》色の木綿の小袖《こそで》に、庄屋のような野袴《のばかま》をはいていた。

「お世話になりまする」

政重は、その男に頭を下げた。

「遠路はるばる、お疲れになったであろう。政重どのは、出羽ははじめてか」

「はい」

「米沢の雪は深い。いまから、ご覚悟なされていたほうがよろしかろう」

兼続がうっすらと微笑《わら》った。

「上杉家の方々は、雪には馴《な》れておられますな」

「馴れている――というより、体の一部になっていると申したほうがよいかもしれぬ。

あと二月もすれば、初雪じゃ」

「は……」

「のちほど、わが妻と娘のお松に引き合わせる。湯を沸かさせたゆえ、まずはゆるりと長旅の汗を流されよ」

「ありがたき幸せ」

表面の丁寧さとはうらはらに、たがいの肚に探りを入れるような、どこかぴんと張りつめた緊張感が流れる会話であった。

政重は小者の案内で、直江家の湯屋にみちびかれた。

湯屋は渡り廊下でつながれた屋敷の奥にあった。

歩きながら、政重は邸内のようすにそれとなく視線をくばった。大名の執政の家とも思われない、つましい暮らしぶりが、軒下につるされた干し柿《がき》や大根、破れかけた板を何度も補修したらしい廊下の軋《きし》み具合からもうかがえる。

(やはり、百二十万石から三十万石の大幅減封ともなると、藩の財政は相当に苦しいか……)

政重は商人が品物を値踏みするように、冷静な目で邸内を観察した。

ただし、案内された湯屋だけは、政重を迎えるために新築されたものか、すがすがしい木の香りにあふれていた。

真新しいサワラの板が、床に、壁に、天井に貼《は》りつめられている。湯船は鋳物《いもの》の大きな釜《かま》で、そこからもうもうと白い湯気が立ちのぼっていた。

脱衣所で着衣を脱ぎ捨てた政重は、用意されていたこれもサワラの下駄《げた》を履き、湯釜に身を沈めた。

少しぬるめだったが、長旅に疲れた体に湯がじんわりと沁《し》みた。

政重は目を閉じ、みずからに与えられた、

——役目
を思った。

この米沢の地では、

（自分は、最初から冷たい目で見られているだろう……）

そのことは、百も承知だった。

じっさい、政重がこの直江家へ養子に入るのに先立ち、兼続が差し向けた迎えの使者二人が、京近郊の伏見《ふしみ》で斬《き》られるという事件が起きている。

斬ったのは、兼続の実弟で、上杉家では兼続につぐ実力者の大国実頼《おおくにさねより》であった。

関ヶ原合戦以後、それまでの反徳川路線から百八十度舵《かじ》を切り替え、融和路線に転じた直江兼続に対し、異論をとなえる者が上杉家中にもいた。その代表が、使者を斬った大国実頼だった。

一件後、大国実頼は伏見から逐電《ちくでん》し、紀州高野山《こうやさん》へ逃げ込んだと聞いている。

徳川方から送り込まれた異分子である政重に反感を持つ者は、おそらく大国実頼ひとりではあるまい。

（まあ、よい。ゆるゆると見定めてゆこう……）

政重は湯のなかで手足を伸ばした。

そのとき、

「湯加減はいかがでございますか」

真っ赤なカエデの影が映る格子窓の向こうで声がした。

はずむような若い娘の声だった。

「いま少し、熱いほうがありがたい」

「承知いたしました」

政重のもとめに応《こた》え、外の焚《た》き口で火吹き竹を吹く気配がした。

下駄を履いた足の下から、湯が沸き上がってくる。政重は、肌がひりひりするくらいの熱い湯が好きだった。

「いかがです」

「ああ、よい気持ちだ」

「よろしゅうございました」

格子窓から娘の色白の顔がのぞき、政重と目を見合わせてにっこりと笑った。

それが――。

政重の妻となる直江兼続の長女、お松《まつ》とのはじめての出会いであった。

二

本多政重――。

徳川家康の謀臣、本多正信の二男として生まれたこの男の来歴ほど奇妙なものはない。

文禄元年（一五九二）、十二歳のとき、政重は家康家臣の倉橋長右衛門《ちょうえもん》の養子となり、長五郎と称した。

ところが、彼が十八歳の青年武将に成長したある日、事件が起きる。

家康の嫡男秀忠《ちゃくなんひでただ》の乳母の子、岡部庄八を遺恨《いこん》によって斬り殺し、逃亡したのである。

伊勢国へ逃れた政重は、正木左兵衛《さへえ》と名を変え、しばらく同地に隠れ住んだ。

その半年後、政重は越前敦賀《つるが》城主の大谷吉継《よしつぐ》に仕えるようになる。

大谷吉継といえば、豊臣秀吉の奉行衆のひとりで、徳川家とも、本多家とも由縁がない。政重が、どのような伝《つて》をたどって吉継に仕えたか、その経緯はつまびらかでない。

しかし、大谷家での暮らしはさほど長続きせず、慶長四年（一五九九）——すなわち関ヶ原合戦の前年、政重は豊臣家五大老の宇喜多秀家《うきたひでいえ》に二万石の高禄《こうろく》で迎えられた。

二万石といえば、家老待遇である。

まだ二十歳《はたち》前の、何の武勲もない若者が、突然、家老待遇で採用されるのは、いかにも不自然である。そこに、秀吉亡きあと、天下第一の実力者となった家康の側近、本多正信の意思が働いたであろうことは容易に想像がつく。

このころ、宇喜多家では家老どうしが二派に分かれて内部抗争を繰り広げており、家康もそれに介入して一方の派閥を後押ししている。

政重の宇喜多家仕官は、次の天下を狙《ねら》う家康の、

——宇喜多の家中を内偵せよ。

という密命を帯びたものであった。

政重が他家に入り込むことができた背景には、彼が秀忠の乳母の子を斬って徳川家を出奔《しゅっぽん》したという事実が反映しているものと思われる。

表面上、政重は徳川と縁を切っており、豊臣家とゆかりの深い大名家であっても、抵抗なく受け入れることができた。

天下分け目の関ヶ原合戦で、政重は西軍に属したあるじ秀家とともに、家康ひきいる東軍と戦い、宇喜多家滅亡後、いずこともなく行方をくらましている。

ふたたび政重が姿をあらわすのは、それから一年後のことである。

豊臣家子飼いの大名でありながら、関ヶ原では東軍についた安芸《あき》広島城主の福島正《まさ》則《のり》に、三万石で仕官した。

政重に与えられた、徳川の、

――密偵
という役割を考えれば、この仕官はある色彩を帯びてくる。

じつは、

「福島正則のもとへ出入りする者に目を光らせ、豊臣遺臣と連絡を取っておらぬかどうか、動きを逐一報告せよ」

家康は政重に秘命を下していた。

関ヶ原では徳川に味方したものの、家康は豊臣子飼いの福島正則を心の底から信じてはいない。政重を福島のもとへ差し向けた家康の意図は、大坂城に残った秀吉の遺児秀頼《ひでより》に対する、諸大名の忠誠心の程度をたしかめることにこそあった。

その翌年、政重はまたしてもあるじを替える。

仕えた先は、加賀金沢の前田利長《としなが》であった。

このころになると、政重が徳川の隠密《おんみつ》的な役目を帯びた武将であることは、諸大名のあいだの周知の事実となっている。

前田家では、徳川新政権の実力者にのし上がった本多正信との関係を密にするため、むしろすすんで、

「政重どのを、当家へお招きしたい」

と、申し入れてきた。

前田家に三万石で仕えた政重は、それまで名乗っていた正木左兵衛の名を、本多山城守とあらためた。もはや、本多の名を隠す必要もなくなっていた。

そして——。

前田家へ入ってから二年後、二十五歳の政重に、養子縁組の話が持ち上がった。

相手は、出羽米沢藩上杉家の執政直江兼続。兼続には、跡継ぎになるべき竹松あら

ため平八景明《へいはちかげあき》という十一歳になる息子がいたが、それを廃嫡《はいちゃく》して、

「政重どのをわが娘お松の婿《むこ》養子にお迎えし、直江家の跡取りとなしたい」

と、異例の申し込みをしてきたのである。

関ヶ原前夜、上杉家は徳川家康と真っ向から対立した。

執政の直江兼続は、

――直江状
と呼ばれる挑戦状をたたきつけ、家康を挑発した男である。

しかし、合戦が東軍方の勝利におわると、兼続は政重の父本多正信に近づき、秘密《ひみつ》裡《り》の交渉を何度も重ねて、上杉家の存続を勝ち取っていた。

徳川に敵対した上杉家の処分が、会津百二十万石から米沢三十万石への大減封程度ですんだのは、

「あの男の力よ」

政重は、父正信から何度となく聞かされていた。

「直江山城守は、このわしでさえ舌を巻くほどのしたたかな男じゃ。上杉家取り潰《つぶ》しのご沙汰《さた》が下れば、滅亡を覚悟でお手向かいする所存と脅しをかけておきながら、その舌で、天下泰平の国造りのために助力は惜しみませぬなどと、ぬけぬけと抜かす。

そもそも上杉家は、関ヶ原のいくさに参加しておらぬ。精強をうたわれる無傷の上杉家を敵にまわせば、徳川の天下は揺らがぬまでも、受ける損害ははかり知れぬ。結局、上杉家は存続させるしか手がなかったわ」

正信がぼやいた。

だが、それで上杉家取り潰しの危機が完全に去ったわけではない。

直江兼続がわが子を廃嫡してまで、政重を迎えようと策したのは、家康の帷幄《いあく》にある本多正信を、

——何としても、味方につけておきたい。

という、主家存続の執念から発したものにほかならなかった。

「あの男の本音は、よくわからぬ」

米沢への出立の前、正信は息子に打ち明けた。

「ここだけの話だが、直江山城守は、もし上杉景勝《かげかつ》に跡取りの男子ができぬ場合、そなたを上杉家の養子にし、米沢三十万石を継がせてもよいと申しておる」

「それがしが、上杉家の跡取りに……」

「悪い話ではない——と、わしは思うておる」

正信が喉《のど》の奥で笑った。

「上杉は、鎌倉以来、関東管領を拝命してきた東国の名家。鷹匠上がりのわしの血筋が、上杉の名を継ぐと思えば、これほど愉快なことはない」

「しかし、相手がどこまで本気か」

密偵として、幾多の大名家をめぐってきた政重は、謀略家といわれる父よりも、さらに疑《うたぐ》り深い性格を身につけていた。

「ともかく、米沢へゆけ」

正信が言った。

「行って、直江の本音を見定めてまいるのじゃ。そして、上杉にふたたび徳川へ矢を向ける動きあらば、すぐに江戸へ知らせよ。悪い芽は、せいぜい早いうちに摘み取っておかねばのう」

「は……」

政重は重い秘命を胸に、米沢の直江家へ乗り込んできたのだった。

三

直江兼続の屋敷で、政重とお松の婚礼がとりおこなわれたのは、それから間もなくのことである。

須田長義《ながよし》、泉沢久秀《ひさひで》、横田旨俊《むねとし》、安田能元《よしもと》、水原親憲《すいばらちかのり》など、国元にいる上杉家の重臣ほとんどが出席。また、兼続と親しい組外《くみほか》の前田慶次郎《けいじろう》も、娘佐乃《さの》の婿となった山田新九郎を従えて祝いの席に駆けつけた。

そのほか、佐竹、最上、伊達、南部、前田など、東国諸大名の賀使が祝いの品をたずさえてやって来るなど、婚儀は盛大なものとなった。

花婿の本多政重は二十五歳。

幸菱《さいわいびし》の白い打ち掛けをまとった花嫁のお松は十六歳。

政重は堂々とした体軀《たいく》に、鼻筋のとおった引き締まった顔立ちの美丈夫で、かたわらに座るお松も、

「出羽一の嫁御料じゃ」

と、前田慶次郎が惚《ほ》れぼれと称賛するほどの、絵に描いたような美しさだった。

婚儀の席でも、政重は重臣たちに抜かりなく目をくばった。上杉家の内情にたえず目を光らせ、江戸の父に報告するのが彼に課せられた役目である。

上杉家の者たちは、みな折り目正しく、堅苦しいまでに生真面目《きまじめ》に見えた。それが一変したのは、酒が入って、ほろほろと酔いがまわってきたときである。

座がにわかにくだけ、徳利《とっくり》を持って酌《しゃく》にまわる者、手拍子を打ちながら唄《うた》をうたいだす者、川中島合戦での先祖の手柄を大声で語りだす者もいた。

花嫁の父の兼続はと見ると、酒を呑《の》んで騒いでいる客たちのようすを静かに見守りながら、酒杯を口に運んでいる。酒に強いたちらしく、いくら呑んでも乱れるということがない。

花婿の政重の席にも、重臣の泉沢久秀や安田能元が、

「婿どのも一杯」

と、酒をすすめにやってきた。

その都度、

「それがしは、下戸にて」

政重は硬い表情で断った。

宇喜多家にいたころから、政重は人前で酒を呑まぬようにしている。酔えば、どのようなうかつなことを口走るかもしれず、他人に肚のうちを見せないための用心だった。

「それはいかぬのう」

謙信《けんしん》の代から上杉家に仕えているという老武者の水原親憲が、さも重大事であるか

のように渋面をつくってみせた。

「不識庵（謙信）さまのころより、この上杉家では酒を嗜まぬ者を一人前の男とみとめておらぬ。武勲をあげた者には、不識庵さまおん手ずから杯を下されたものよ。われらには、その杯を頂戴することが、何よりの名誉であった。その家風は、いささかも変わっておらぬぞ」

「何の、水原どのは大酒が呑みたいだけであろう」

後ろから近づいてきた大柄な前田慶次郎が、水原親憲の肩を剽《ひょう》げたようにたたいた。

慶次郎は、上杉家が徳川の会津征伐にそなえて雇い入れた傭兵《ようへい》のひとりだが、いくさの必要がなくなったいまでも、わずかな禄で米沢に居残っている。

それを、天下のかぶき者といわれた慶次郎の男気と見るか、それとも、

(上杉家に、いまだ戦いの意思ありや……)

と見るか、政重は興味をもって二人の老武者のやり取りに耳を傾けた。

「言うたな。大酒呑みはおぬしのほうであろう」

「いかにも、ご当家の家風に染まるうちに、わしは底なしのうわばみになった。婿どのにもいずれ、この上杉家のよさがおわかりになるであろう」

慶次郎が政重の前にあぐらをかき、喉をそらせて屈託なく笑った。

「どうじゃ、水原どの。座興にひとさし舞われぬか」

「おう、よいのう」

水原親憲が膝《ひざ》を打った。

「何を舞う」

「今宵《こよい》は無礼講じゃ。わしの得意の猿《さる》踊りでも披露するか」

と、慶次郎が顎《あご》を掻《か》く。

親憲は首を横に振り、

「いやいや、それはお松どのの前では憚《はばか》りがある。羽衣《はごろも》はどうだ」

「天人の舞か」

「出羽一の嫁御寮にふさわしかろう」

「されば、わしが漁師の役をやる。水原どのは天人を」

「わかった」

二人の老人はいとも身軽に腰を上げると、笛を兼続夫人のお船《せん》に頼み、しずしずと舞いだした。

前田慶次郎は京でも聞こえた舞の名手である。

一方、水原親憲もただの田舎侍ではない。武芸に秀でているだけでなく、歌舞音曲《かぶおんぎょく》、茶の湯、連歌《れんが》などの素養がある。

〽春霞《はるがすみ》、たなびきにけり久方の
月の桂《かつら》の花や咲く
げに花鬘《はなかずら》
色めくは春のしるしかや

天人の舞は、一座から溜《た》め息が洩《も》れるばかりに見事なものだった。

婚礼の宴《うたげ》は、そのあとも延々とつづき、真夜中近くなって、政重はようやく上杉家の酔客たちから解放された。

寝間に入ると、一足先に座を立った新妻のお松が、白い寝巻に装束をあらためて政重を待っていた。

何といっても、まだ十六の娘である。細い肩が、おののいたように震えている。

「今日は疲れたであろう。先に寝《やす》んでおればよいものを」

政重はお松に声をかけた。

「いいえ」

と、お松が意を決したように顔を上げた。

「今日より、わたくしはあなたさまの妻でございます。妻たるもの、旦那《だんな》さまより先に寝てはならぬ。朝は夜の明けぬうちに起き、旦那さまのお役目に差し障りなきよう、心くばりをせねばならぬと、父上、母上からきつく申しつかっております」

「当家の風《ふう》は知らぬ。だが、わしの前でそのように気を張ることはない」

「でも……」

うるんだ黒い瞳《ひとみ》が泣いているようにも見える。

その一途《いちず》な目を見ているうちに、我知らず、政重の胸に得体の知れぬあたたかな感情が流れ込んできた。

もともと、女にやさしい男ではない。役目のために女を利用することは、これまでにもたびたびあったが、心を開いたことは一度たりとてなかった。

「とにかく、寝よ。わしも疲れた」

政重はわざとそっけなく言うと、新妻をその場に残して、先に夜具を引きかぶってしまった。

遠く、川風の音がした。

四

翌日、政重は義父となった直江兼続に従い、米沢城本丸へ登城した。

本丸御殿虎《とら》の間で、城主の上杉景勝に目どおりを許される。

「わが婿、政重にございます」

兼続が主君に政重を引き合わせた。

深く平伏したまま、政重は挨拶《あいさつ》の口上をのべた。

「おもてを上げるがよい」

兼続にうながされてわずかに顔を上げると、上段の間にいる壮年の男と目が合った。

上杉景勝は沈毅《ちんき》重厚な人物として世に知られている。東国人らしく、けっして口数は多くないが、戦場でひとこと命を発すれば、家臣たちは先を争って敵陣へ突っ込んでいくという。その威は、敵をも震え上がらせると聞いている。

だが、目の前にいる景勝は、首太く顔の大きな、不機嫌そうな表情の男にすぎない。

兼続が何か言うと、景勝はそのたびに重くうなずき、自分からはほとんど言葉を発しなかった。

政重が聞いたのは、

「一万石をつかわす。これより、直江大和守勝吉《やまとのかみかつよし》と名乗るがよい」

という一言だけだった。

その日から——。

政重は正式に上杉家の人となった。

出仕の行き帰り、城や城下のようすを観察するのが政重の日課となった。

まず、政重の目を引いたのは、米沢城の防備の貧弱さである。当節流行の高石垣というものがなく、水濠《みずぼり》に掻《か》き上げの土塁だけで、天守も築かれていない。櫓《やぐら》、御殿の屋根も、火がかかればひとたまりもない茅葺きであった。

城というより、館《やかた》に毛が生えたような小城である。

(これがかつて、神指《こうざし》城という壮大な城塞《じょうさい》の築城をはじめ、徳川家に対抗しようとした上杉家の居城か……)

政重はあきれるというより、そこに上杉景勝、直江兼続主従の明確な意図を感じた。

防備の手薄な城は、

——もはや、徳川幕府に手向かいはいたしませぬ。

という意思表示にほかならない。

すなわち、城の形で幕府に対する恭順の意をしめしていることになる。

だが、それはあくまで表面にあらわれている部分にすぎず、

（上杉家から、本当に牙《きば》は抜かれたのか……）

政重はなおも疑いの目で見ていた。

家庭生活は、いたって平和だった。

お松はよき妻だった。最初の言葉どおり、朝から晩まで、じつによく働く。

このころ、直江家には、兼続、お船《せん》夫婦、政重、お松の若夫婦のほか、次女のお梅《うめ》が同居していた。兼続の長男、平八景明のみは、徳川への人質という意味もあって、江戸の桜田屋敷に送られている。

質素倹約のためか、家事はほとんど人まかせにせず、兼続夫人のお船が一切を取り仕切り、それを娘のお松が助けていた。

お松の妹お梅は生まれつき病弱で、ほとんど寝たきりになっているのを、お松がよく面倒をみている。

（体がいくつあるのか……）

と思うほどの、かいがいしい働きぶりだった。

米沢では、冬は畑が雪に埋もれ、野菜が採れないため、秋のうちに漬物《つけもの》を山ほど樽《たる》

につけて保存食にする。その漬物づくりの陣頭指揮をとるのも、お船とお松だった。

「上杉家中の女は、みな義母上《はは》やそなたのように働き者なのか」

政重はお松に聞いたことがある。

するとと、お松はやや恥ずかしそうに笑い、

「雪国のおなごは、みなこうしたものだと聞いております」

と言った。

米沢の城下に初雪が降りはじめたころ、こんなことがあった。

政重のもとに、上方にいたころ懇意にしていた長崎の商人から、機嫌うかがいの書状が届いた。それに添えて、石鹸《シャボン》や蜜柑《みかん》が送られてきたなかに、ギヤマンの小壺《こつぼ》に入った金平糖《コンペイトー》があった。

政重はそれを、妻のお松に渡した。

他意はない。甘い菓子ならば、女が好むだろうと思ったのである。

「これは……」

と、お松が瞳を輝かせた。

「南蛮《なんばん》渡来の金平糖という菓子だ」

「何と美しいのでしょう。まるで宝玉のような」

「芯《しん》にケシの粒を入れ、砂糖を煮詰めたものだそうだ。他愛《たわい》のない、子供だましの菓子だが」

「これを、わたくしに」

お松が大きな目で、政重を見つめた。

「うむ」

「嬉《うれ》しい」

政重がとまどうほど、お松は顔いっぱいに喜びの表情を浮かべた。

「一粒、食してみよ」

「惜しゅうございます。このまま、取っておいてもいい？」

「どうするのだ。菓子は飾っておくものではないぞ」

「旦那さまからの、初めての頂き物でございますもの。これは、わたくしの宝にいたします」

お松はギヤマンの小壺を大事そうに胸に抱えた。

大人ぶってはいるが、

（まだまだ、子供だな……）

ふと、政重の引き締まった口もとに微笑が湧《わ》いた。

家庭にはさしたる波風もなかったが、上杉家中で政重の存在は、やはり浮いたものになっていた。

その年の暮れ、米沢家中に不穏な噂《うわさ》が流れた。

「直江どのに婿入りした本多の息子は、徳川の諜者《ちょうじゃ》ぞ。あらを見つけ、わが上杉家を取り潰さんとしている」

血の気の多い若侍のなかには、政重を斬ろうと本気で付け狙っている者もいるらしい。噂を聞いた兼続が、さすがに心配して、

「登城の行き帰り、警護の者をつけるか」

と、政重に言った。

しかし、政重は平然としていた。

剣の腕には自信がある。少年のころより剣技を磨いてきたが、牢人《ろうにん》時代に大和柳生《やぎゅう》谷《だに》の柳生石舟斎《せきしゅうさい》から新陰流《しんかげりゅう》を学び、格段に腕を上げていた。

（闇《やみ》討ちを狙っているなら、それもまたよし。返り討ちにしてくれる……）

政重の双眸《そうぼう》に、長く影の御用をつとめてきた者特有の暗い翳が揺れた。

そんなとき、事件は起きた。

五

米沢は雪深い土地だと聞いていたが、この年は雪が少なく、年の暮れになってもおだやかな日がつづいた。

いつもなら丈余《じょうよ》の雪に降り込められるところが、今年はくるぶしあたりまでしかなく、藁沓《わらぐつ》さえ履けば、自由に外を歩きまわることができる。

米沢へ来てから、政重には気になっていることがあった。

寺の墓石である。

墓石はどこにでもあるものだが、米沢藩の侍の墓石は変わっている。

五輪塔や宝篋印塔《ほうきょういんとう》などの墓をおおうように、四角い覆石《おおいいし》が据えられている。覆石には格子状に穴があいており、その数は九つ、ないし十六と決まっていた。

——万年塔《まんねんとう》
と、土地の者は呼んでいるらしい。

(あの穴はもしや、銃眼ではないか……)

政重は思った。

米沢城は防備の手薄な城になっている。いざ戦いとなったとき、万年塔を道に積み上げて防塁をつくれば、それを楯《たて》にして銃撃をおこない、攻め寄せる敵を食い止めることができる。

聞けば、上杉家の侍たちの墓がそのような形になったのは、この米沢へ転封になってからだという。

平時は、それがいくさに備えたものであることを隠すため、墓石に見せかけているのではあるまいか。

とすれば、

（上杉家はいまも、幕府への叛意《はんい》を捨てておらぬことになる……）

事実とすれば、ゆゆしきことであった。

真相をたしかめ、江戸にいる父本多正信に報告せねばならない。

朝から小雪がちらつきはじめた日、政重は藁沓を履き、あらためて城下の寺々へ万年塔を調べにおもむいた。

上杉家菩提《ぼだい》寺の林泉寺《りんせんじ》をはじめ、

法音寺《ほうおんじ》

徳昌寺《とくしょうじ》

関光庵《かんこうあん》
常安寺《じょうあんじ》
など、いくつかの寺を見てまわった。
万年塔にあいた穴は、方二寸（約六センチ）ばかり。銃眼にするには、手ごろな穴である。覆石そのものも、人が身を隠すのにちょうどいい大きさだった。
（やはり……）
夕暮れが迫り、常安寺をあとにするころには、風がだいぶ強くなっていた。いつしか、雪も本降りになっている。
そろそろ二ノ丸の屋敷へもどろうと、降りしきる雪のなかを歩きはじめたとき、行く手に立ちはだかった者たちがあった。
五、六人の侍であった。
顔を隠すように編笠《あみがさ》を目深にかぶっている。道をふさいだ男たちが、腰の刀を無言で抜いた。その全身に、殺気がみなぎっている。

政重は男たちを睨み返しつつ、左手の親指で刀の鯉口《こいぐち》を切っていた。

「そのほうども、何者だ」

「……………」

「答えられぬようだな」

「………」

男たちは黙ったまま、じりじりと政重との間合いを詰めてくる。

「わしを上杉家家臣、直江大和守と知っての狼藉《ろうぜき》か」

「おぬしを上杉の家中などと、みとめたおぼえはない。徳川の犬めがッ！」

我慢しきれなくなったか、編笠のうちのひとりが吠《ほ》えた。

「今日も一日中、万年塔のようすを嗅《か》ぎまわっておったであろう」

「………」

今度は、政重のほうが黙り込む番であった。その右手は、すでに刀の柄《つか》にそろそろと伸びている。

「御家のためだ。きさまを斬るッ！」

叫びざま、いちばん右端にいた男が、刀を大上段に振りかぶり、雪を蹴《け》立《た》てて猛然と斬りかかってきた。

その動きを、政重は冷静に見切った。

横へ身をかわすや、抜き打ちざまに相手の胴を擦り抜けながら斬っている。

うめき声を上げ、男が倒れた。

「来るか」

政重は刀を構えた。

構えといっても、刀身をだらりと下に垂らしただけである。それでいて、総身に無駄な力がいささかも入っていない。

柳生新陰流の構えなき構え、

――無形《むぎょう》の位《くらい》
であった。

一見、無防備のようにも見えるが、その構えはいかなる相手の攻撃にも変幻自在に対応できる柔軟性がある。

意表をついた無形の位に、編笠の侍たちにとまどいが走った。

剣先を突き出したまま、一瞬、動きを止めたが、やがて、

「参るッ！」

おめきながら、左右の二人がほとんど同時に斬りかかってくる。

「愚か者めが」

低くつぶやいた政重の刀がさっと動いたときには、ひとりが雪の上に倒れ、さらにひるがえった刀で、もうひとりが編笠を宙に飛ばしてもがくようにのけぞった。

残る相手は三人である。

だが、政重の鬼気せまる剣におじけづいたか、横なぐりの雪のなかをじりじりと後退していく。

「どうした。まだやる気か」

政重が藁沓を履いた足を踏み出すと、男たちは倒れている仲間を引きずって、あとも見ずに逃げ出していった。

政重は、息ひとつ乱していない。

刀を鞘《さや》におさめると、何ごともなかったように二ノ丸の屋敷へ引き揚げた。

六

それから三日後――。

政重は、義父兼続の居室に呼ばれた。

編笠の賊に襲われたことは、兼続にはむろん、妻のお松にも言っていない。

襲ったのは、おのれの存在に敵意を持つ藩内の急進派とわかっている。ことを大きくせぬために、すべて峰打《みねう》ちにしてあり、深手を負った者はいないはずだった。

兼続は書物を読んでいた。

——貞観政要《じょうがんせいよう》
である。

この上杉家の切れ者の執政は、漢学を好む文人としての一面も持っている。

政重に気づいた兼続は、文机《ふづくえ》の上の貞観政要を閉じ、背筋を伸ばして居ずまいをあらためた。

「この冬は雪がさほど降らぬと思っていたが、ここ二、三日、大雪がつづいておるようだな」

「はい」

「雪は難儀なものだが、さりとて雪が降らねば田畑をうるおす雪解け水もない。われらにとっては、天の恵みかもしれぬ」

「大雪の年には、豊作になるそうにございますな」

「よく存じておる」

「お松より聞きました」

「そうか、お松にな」

兼続はふと口元をゆるめ、父の顔になった。

政略のために、わが娘を利用しておきながら、その一方でお松の幸せを誰よりも願っているのであろう。この義父が、政治家としての非情さと、雪国人らしい情の濃さをあわせ持っていることに、政重は気づくようになっている。

「お呼びとうかがいましたが」

「うむ……」

軒を吹き過ぎる風の音に、兼続はしばし耳を傾け、

「大事なかったか」

「は……」

「三日ばかり前、外出からもどったそなたの着物の袖に、血糊《ちのり》がついていたとお松が申しておった」

「血糊が……」

「旦那さまが、どこかで闘諍沙汰《とうじょうざた》に巻き込まれたのではないかと、ひどく心配していた。ああ見えて、あれは何ごとも胸のうちに抱え込む娘ゆえ、そなたには何も聞けなかったのであろう」

「……」

賊は峰打ちにしたから、返り血を浴びたということはない。が、何かの拍子に剣先

が触れたのか、手の甲に浅い疵《きず》が残っていた。その血が、袖に沁みたものとみえる。

「野犬を斬っただけにございます。ご心配にはおよびませぬ」

政重は表情を変えずに言った。

「そうか」

「はい」

「ならば、よいが……。近ごろ、常安寺の万年塔のあたりに、野犬が多いそうだ。くれぐれも用心するがよい」

かたわらの火桶《ひおけ》で指先をあぶり、兼続がけむるように目を細めた。

(知っている……)

と、政重は思った。

あのときの侍たちが、咎《とが》めを覚悟で、政重が城下の万年塔を調べていたことを訴え出たにちがいない。

(どう出るか)

政重は総身を緊張させた。

しかし、万年塔のことについては、それ以上、兼続は何も言わず、

「ときに、そなたに見せたいものがある」

と、話題を変えた。

「何でござりましょうか」

「見ればわかる。雪がやんだら、明日にでも出かけよう」

「出かけるとは、どちらへ」

「吾妻《あづま》山中よ」

兼続はかすかに笑った。

翌日は、この時期の米沢にはめずらしい、抜けるような青空が朝から広がった。

わずかな供を連れ、米沢城下を出立した兼続と政重は、米沢（会津）街道をまっすぐ南へ向かった。

二里あまり歩き、船坂峠《ふなさかとうげ》を越えたところで、道は街道から分かれて吾妻山中へ入っていく。街道とちがって、めったに人の通らぬ場所だが、新雪の上に一筋の道がついている。先にすすむ直江家の小者たちが、シカリ（大カンジキ）を使って踏み固めた道であった。

それでも途中、藁沓の上にカンジキをつけ、足元が深い雪に埋もれぬようにする。カンジキに慣れていない政重には、足の運びがひどく不自由で、雪のないときなら楽に登れるであろう道が、かぎりなく遠いものに感じられた。
難儀しながら、渓流沿いの道をすすむこと、さらに二里あまり。
白銀に輝く西吾妻山の中腹に、突然、茅葺きの大屋根があらわれた。
——白布高湯《しらぶたかゆ》
である。
白布高湯には、
東屋《ひがし》
西屋
中屋
という三軒の湯宿がある。
そのうち、東屋がもっとも由緒が古い。もとは吾妻山を行場とする山伏の宿坊であったのが、のちに湯治宿になったものである。
大屋根からうっすらと白い湯気が立ちのぼり、雪の上を硫黄臭《いおうくさ》い湯の香りがただよい流れてきた。
「この湯は、創傷に卓効があるそうだ」
道の途中で足を止め、兼続が言った。

「それがしに見せたいものとは、この湯でございますか」

「あわてるな」

兼続は雪の照り返しに目を細めると、湯宿のほうへ政重をみちびいた。

西屋の近くに、最近建てられたらしい木っ端葺《こばぶ》きの小屋があった。その小屋から、カンカンと小気味よい音が響いてくる。

入り口に見張りの雑兵《ぞうひょう》が立っており、兼続の姿を見ると、かしこまったように深く頭を下げた。

「ここは？」

政重は聞いた。

「なかへ入って、おのが目でたしかめるがよい」

「…………」

兼続が先に立って、小屋のなかへ入った。政重もつづいて足を踏み入れる。

一目見るなり、

（これは……）

政重は思わず声を上げそうになった。

それは、鉄砲の鍛冶場《かじば》であった。

鎚《つち》を振るって銃身を鍛え上げる者、尾栓のネジを切る者、平カラクリを造る者もいた。外の雪に埋もれた世界が嘘《うそ》のように、小屋のなかの作業場は熱気に満ちている。

職人たちは双肌《もろはだ》脱ぎになり、わき目も振らず仕事に励んでいた。

「近江の国友《くにとも》の里より吉川惣兵衛《そうべえ》、和泉《いずみ》の堺より和泉屋松右衛門《まつうえもん》なる鉄砲師を招き、鉄砲造りをしている」

作業を見守りながら、兼続が言った。

「この雪深い山中で……」

「そのほうが、人目につかぬからな」

「………」

政重が黙っていると、兼続はさらに言葉をつづけた。

「いま、上杉家が所持する鉄砲は、おおよそ千挺《ちょう》。これを十年のうちに、倍に増やす。ここで造っているのは、二十匁《もんめ》、三十匁玉筒という、口径の大きな大鉄砲だ。大鉄砲がそろったら、次に短筒を造る。家中のおもだった侍に、大鉄砲と短筒、二挺ずつを装備させるつもりだ」

（この男は……）

政重は度肝を抜かれた。

上杉家じたいを、鉄砲主体の機動性に富んだ軍団に改変しようとしている。

さらに驚くべきは、それほどの機密を、徳川の諜者とわかっている自分に、わざわざ披露《ひろう》していることであろう。

(何を考えている)

さすがの政重も、理解に苦しんだ。

「政重どのは、武備恭順《ぶびきょうじゅん》という言葉を知っておられるか」

「武備恭順……」

「すなわち、一方で恭順の意をしめしながら、他方でいくさにそなえた軍備をととのえ、幕府が無体《むたい》なお取り潰しなどなされば、いつなりともお手向かい申し上げると、戦う姿勢もみせておくことよ」

兼続は言った。

武備恭順とは、上杉家の存続を模索する直江兼続が、知恵を絞ったすえに考え出した生き残りの策にほかならない。

兼続はまず、幕府に謀叛《むほん》の意思がないことをしめすため、米沢城を館に毛の生えたような小城のままにとどめおいた。幕府の検使が見たとしても、

「この程度の城では、籠城《ろうじょう》もできまい」

と、その無防備さに警戒心をゆるめるであろう。

しかし、相手に迎合しているばかりでは、

（嘗《な》められる……）

と、兼続は考えた。

外交の交渉とは、硬軟使い分けてはじめて、大きな効果を引き出せるものである。

一方で頭を下げ、一方で牙《きば》を失っていないことを知らしめておく——万年塔や白布高湯の鉄砲工場は、幕府に対する兼続の無言の圧力でもあった。

（さても、豪胆な……）

徳川の諜者である自分を、白布高湯まで案内したのは、情報が家康に伝わるのを見越してのことであろう。

「わしとて、いまさら幕府と本気でことを構えようとしているわけではない。戦ったとて、無益な血が流されるだけだ。だが、上杉家には、先代不識庵さま以来の、武門の意地があること、それだけは承知しておいてもらいたい」

白布高湯からの帰りの道々、兼続は婿の政重に語った。

七

年が明けた慶長十年の正月早々、直江家の次女お梅が病で世を去った。まだ十五歳の若さである。

その深い悲しみも冷めやらぬうちに、直江兼続は主君景勝の供をして、上洛《じょうらく》の途についた。

上洛の目的は、徳川秀忠の将軍宣下《せんげ》の儀に参会することである。

家康が朝廷から征夷《せいい》大将軍職を拝命し、幕府をひらいてから、わずかに二年。早すぎる引退であるが、これにより将軍職は徳川家の世襲であることを世にしめし、大坂城の豊臣秀頼に心を寄せる西国大名に、

——もはや、豊臣家に昔日の栄えがもどる目はない。

と、知らしめる意味合いがあった。

天下は、すでに徳川幕府を中心に固まりつつある。

景勝、兼続の不在中、政重は米沢に留守居として留《とど》まっていた。長い冬がようやく終わりを告げ、雪国に春がおとずれている。

妻のお松は、お梅を失った悲しみにくれる母のお船を励まし、若いながらも屋敷の者どもを差配してよく働いていた。

「わたくしまで悲しんでいたら、母上が余計にお心を痛めますもの」

見かけに似合わず、お松が芯《しん》の強い娘であることを、政重はあらためて感じずにいられない。

初夏になると、城下の武家屋敷のウコギの生け垣が、あおあおと葉を茂らせた。執政の兼続が、飢饉《ききん》にそなえて各家に植えさせたもので、上杉家中の妻女たちは、その葉を竹籠《たけかご》いっぱいに摘んで、

——ウコギ飯《めし》

を炊《た》く。

お松も直江屋敷のウコギを摘み、政重のために飯を炊いた。

「なかなか、ばかにできぬ。ウコギとは、うまいものだな」

「体にもよいそうにございます。玉丸《たままる》さまの乳母も、ウコギを食して乳の出を良くしているそうにございます」

この春、上杉家には慶事があった。

上杉景勝の嫡男、玉丸《たままる》(のちの定勝《さだかつ》)の誕生である。

これにより、兼続と本多正信の、

——景勝さまに世継ぎの男子なき場合は、政重どのを上杉家の養子に……。

という密約は反故《ほご》になったが、世俗の欲の薄い政重自身には、たいした問題ではなかった。

「わたくしも、早く旦那さまのお子が欲しい」

口にしてから、恥ずかしくなったのか、お松が色白の頬《ほお》を桜色に染めた。

どこまでも、ひたむきに自分を慕ってくるお松に、人を疑うことしか知らなかった政重の心は、いつしか和らぎはじめている。米沢で一冬を越した政重のなかで、何かが変わっていた。

変わるといえば、酒もそうだった。

最初は何かと理由をつけて、酒の席を断っていたが、この上杉家では酒が呑めねば人づき合いができない。

やむなく杯《さかずき》に口をつけているうちに、酒が嫌ではなくなってきた。酔って乱れるのは、人の心の弱さゆえで、おのれを厳しく律してさえいれば、酒には相手の警戒心を解くという効用がある。

「おぬしもようやく、上杉家の色に染まってきたな」

ある宴席で、前田慶次郎が政重を目ざとく見つけ、声をかけてきた。

「どうだ、この家は居心地がよかろう」

「以前より禄が減ったと申すに、慶次郎どのはなにゆえ、上杉家に留まりつづけられるのです」

「惚《ほ》れたからよ」

慶次郎が、政重の杯になみなみと酒を注いだ。

「何があっても、もののふの誇りを失わぬ景勝さまと、兼続どの――いや、上杉家そのものに男惚れした」

「誇りだけでは、人は食っていけますまい」

政重は杯を干した。

その呑みっぷりを見て、慶次郎がにやりと笑い、

「たしかに人は食っていかねばならんが、それだけでは器が小さくなる。おのれの欲を離れたもっと大きなもの、公《おおやけ》の志を持たねばならん。その志が……」

「この家にはあると」

「わしは、そう思っておるわ」

慶次郎はみずから注いだ酒を、喉をそらせて豪快にあおった。

やがて――。

米沢に夏が来た。

盆地の夏は暑い。鍋《なべ》の底からじりじりと火であぶられるような、耐えがたい暑さであった。

その酷暑のさなか、お松が倒れた。

最初は夏風邪《かぜ》をこじらせたものと思っていたが、いつまでたっても咳《せき》がおさまらず、熱が引かない。

藩医を呼び、診立《みた》てを頼んだ。

「肺の腑《ふ》を病んでおられるようですな」

医者は、別室で政重と母のお船に告げた。「このように悪くなるまで、なぜ放っておかれたのです。もはや、手の施しようがございませぬな」

「されば、お松は……」

「もって、あと一月というところでございましょう」

母のお船が声を殺して忍び泣いた。

お松の体は、かなり以前から病に蝕《むしば》まれていたらしい。それを誰にも言わず、つとめて明るく立ち働き、無理に無理を重ねて、ついに力尽きたのだった。

（お松……）

政重は唇を嚙《か》んだ。

医者の言うとおり、

（なぜ気づいてやれなかったのか……）

悔恨《かいこん》が胸を刺した。

その日から、政重はほとんど付ききりで妻の看病にあたった。ふっくらとしていたお松の顔は、日々、痩《や》せていき、うるんだ黒い瞳ばかりが目立つようになった。

お松は食が細り、いつぞや政重が贈った金平糖を、日に一粒、口に入れるのがやっとになった。

「もったいのうございます」

病の床でも、お松は夫に明るい笑いを向けることを忘れなかった。

「せっかくの、旦那さまからいただいた宝物が……」

「そのようなもの、また長崎から取り寄せればよい。好きなだけ食べて、早《はよ》う元気になってくれ」

「わたくしは、もうだめでございます」

「何を言う」

「わかるのです」

透きとおった水晶のような目が、政重をひたと見つめた。

政重はその目を見返すことができず、わずかに視線をそらした。

「ひとつだけ、旦那さまにお願いしてもよろしゅうございましょうか」

「何でも申してみよ」

「父上を……。いえ、上杉家をお頼み申します」

「そなた……」

「わたくしが死んでも、どうか米沢を去らず、ここにお留まり下されませ。そして、上杉家を……」

そこまで言うと、お松は身をよじるようにして、激しく咳《せ》き込みはじめた。

「どうか、お約束を……」

「喋《しゃべ》ってはならぬ、体にさわる」

政重は、必死に差し出された妻の細い手をつかんだ。

ただの無邪気な娘とばかり思っていたが、お松はお松なりに、自分に課せられた使命をわかっていたらしい。

（それで、無理をしたか……）

胸が痛んだ。

直江兼続の長女お松が、夫の政重と母のお船に看取《みと》られて世を去ったのは、その年、八月中旬のことだった。

兼続は上洛中であり、娘の死には立ち会えなかった。


翌、慶長十一年正月――。

妻を亡くした政重は、帰国した兼続からひとつの提案を受けた。

政重を婿として迎えることに反対して刃情沙汰の上、出奔した大国実頼の娘お虎《とら》を、兼続の養子に迎え、

「政重どのの後添いにして、直江家を継いでくれぬか」

というものである。

お松の死は、幕閣に重きをなす本多正信との縁が切れることを意味した。政重が去れば、上杉家は政治的な後ろ楯を失う。

政重は、この兼続の申し出を受けた。最期まで、わが身よりも上杉家の行くすえを案じていたお松との約束が、胸の底に強く残っていた。

本多政重は直江家の養女となったお虎を妻にし、上杉家で七年の歳月を過ごした。

お虎とのあいだには、長男政次も誕生したが、兼続の実子平八景明が十七歳の若者に成長するにおよび、政重は上杉家を去る決断をした。

前年、景明は本多正信の媒酌《ばいしゃく》により、近江《おうみ》膳所《ぜぜ》城主戸田氏鉄《うじかね》の娘を妻に迎えている。もはや、政重が上杉家に身を置く理由はなくなっていた。

その後――。

政重は加賀の前田家に、三万石（のち五万石）の高禄でふたたび仕官。米沢城下に残してきた妻のお虎と息子政次を呼び寄せ、新たな暮らしをはじめた。

米沢を去っても、義父兼続との交友はつづき、政重は生涯にわたって兼続に礼を尽くしつづけた。

晩年、本多政重は、一冊の書物をあらわしている。

『百戦百勝伝』

と題されたその書物は、彼が学びつづけた兵法の極意を書きとめたものという。

義父兼続から学んだ、負けを勝ちに変ずるしたたかな武備恭順の心も、そのなかにはしるされている。

ぬくもり

水原親憲《すいばらちかのり》

一

上杉家臣の水原親憲《すいばらちかのり》について、『上杉将士書上《うえすぎしょうしかきあげ》』は次のようにしるしている。

――水原常陸介《ひたちのすけ》親憲は風流者で、乱舞、連歌《れんが》をよくし、茶の湯の数寄者《すきしゃ》でもあり、人の噂《うわさ》にのぼることの多い男であった。主君の上杉景勝《かげかつ》は、口数が極端に少なく、めったに笑うことのない沈勇剛毅《ちんゆうごうき》な人物であったため、御前に出ると家臣の誰《だれ》もが腋《わき》の下にびっしょりと冷や汗をかいた。そのなかにあって、ひとり水原親憲だけは、無口な主君の顔色をうかがうことなく、自由にのびのびと振る舞った。家中の酒宴のとき、親憲は顔に紅、白粉《おしろい》を塗《ぬ》りたくり、真っ赤な頭巾《ずきん》をかぶって、棕櫚箒《しゅろぼうき》に紙をちぎってつけたものを高くかかげながら、景勝の前にすすみ出た。そして、氷室《ひむろ》の曲舞《くせまい》などを舞うと、いつもはめったなことで表情を変えない景勝が、興に入ることしばしばであった。また、戦場へ向かうべく、馬にまたがって道をすすむときも、付き従う下人《げにん》と世間話をしながら大笑いして通ったため、沿道の人々は、「あれが、いまから生き死にを懸けた合戦にゆく武者か」と、目を見はった。

上杉家きっての磊落《らいらく》な風流武者の姿が、まざまざと浮かび上がってくる。

これにあるように、水原親憲は高い文化的素養を身につけた人物である。と同時に、矢弾《やだま》をおそれぬ一流の大武辺者《だいぶへんもの》でもあった。

そうした男を、戦国の世の人々は、

——かぶき者

と呼んだ。

天下のかぶき者として名高い前田慶次郎は、上杉景勝、直江兼続主従を慕って上杉家へやって来た。

その慶次郎が、

「この家にも、わしのようなかぶき者がおったのか」

とおどろき、肝胆《かんたん》相照らすようになったのが、ほかならぬ水原親憲であった。

水原親憲の居城があったのは、越後国蒲原《かんばら》郡水原《すいばら》の地である。

水原といえば、冬に白鳥が飛来する瓢湖《ひょうこ》で知られているが、戦国の世には、瓢湖という湖は形成されておらず、信濃《しなの》川、阿賀《あが》野《の》川の河口から入り海のようにつづく潟《かた》が茫々《ぼうぼう》と広がっているのみだった。まさに、水の原、すなわち水原である。

この地方を支配する水原氏の先祖は、鎌倉幕府御家人《ごけにん》の大見《おおみ》氏であった。大見氏は源頼朝《よりとも》の挙兵に参加し、その功によって越後国白河荘に領地を与えられ、水原の地に居館を構えて水原姓を称するようになった。

戦国の世になり、水原氏は上杉謙信に仕えたが、その養子景勝の代になり、織田信長と結んで上杉家に弓引いた新発田重家《しばたしげいえ》にくみして滅亡。名門水原氏の名が絶えるのを惜しんだ景勝が、隣国越中の土豪、大関阿波守盛憲《おおぜきあわのかみもりのり》の一子、弥七親憲に名跡を継がせた。

これが、水原常陸介親憲である。

親憲の出生については、いささか奇妙な逸話がある。

大関阿波守が、夜更けにうら寂しい荒れ野のなかの道を馬で通りかかったときのことである。行く手の闇《やみ》に、あかあかと燃える火が見えた。

（あれは何か……）

不審に思った阿波守が近づいていくと、そこは村の火葬場であった。

火葬場には、まだ人を焼いた火が残っており、かたわらに黒髪を振り乱した娘がうずくまって、何かむさぼり食っているように見えた。

（この女、まさか人の骨を食らっているのではないか……）

思わずのぞき込んだ阿波守の気配に気づき、娘が立ち上がって逃げ出そうとした。

阿波守は馬から飛び下り、娘の袂《たもと》をつかんで骨を食っていた理由を問いただした。

すると、娘は目を吊《つ》り上げ、

「骨を食べていたわけではありません。火葬の火でおはぐろを温めて歯を染めると、容易に落ちないと言われているので、それをためしていただけです」

「まことか」

「はい」

燃え残りの火のなかから、娘はおはぐろの壺《つぼ》を取り出してみせた。

よくよく聞いてみると、娘は近在の村に住む者であるという。若さに似合わぬ娘の豪胆さに感心した阿波守は、

（このような娘を娶《めと》れば、必ずや勇士が生まれるであろう……）

と考え、おのが妻に迎えた。

やがて、娘は懐妊。月満ちて男子を産んだ。それが、のちの親憲である。

奇妙な出生譚《しゅっしょうたん》にいろどられた水原親憲は、その伝説に似つかわしい独特の風貌《ふうぼう》をしていた。

『米沢里人談《よねざわりじんだん》』は親憲の容貌を、

――其長鴨居《そのたけかもい》をさえぎり、面は馬の如《ごと》く、黒子《ほくろ》夛《おお》くして黒大豆《くろだいず》を蒔《まき》たる如く。

と、しるしている。

すなわち、家の鴨居に頭をぶつけるくらいの長身で、馬のように顔が長く、顔に黒大豆を蒔いたように多くのほくろがあった。一目見たら忘れることのできない異相の男だったのである。

弥七親憲の初陣は永禄四年（一五六一）九月、上杉謙信と武田信玄のあいだで、史上まれにみる激戦が演じられた、川中島合戦である。ときに親憲、十六歳。

この日のために新調した紫糸縅《いとおどし》のきらびやかな当世具足に身をかため、金の輪抜《わぬ》きの前立兜《まえだてかぶと》の緒を締め、刃渡り二尺の梨地螺鈿《なしじらでん》の大長刀《おおなぎなた》を脇《わき》にたばさんで、「毘」の旗をかかげ越後春日山城を発した上杉軍に加わった。

川中島の八幡原《はちまんばら》を見下ろす妻女山《さいじょざん》に陣を布《し》いた上杉謙信は、一里北東の海津城《かいづ》に入った武田信玄と睨《にら》み合う形になった。

ここで信玄側は、妻女山に背後から夜襲をかけ、動揺した上杉軍が山を下りたとこ

ろを、あらかじめ八幡原で待ち構えていた本隊が押しつつんで全滅させるという、いわゆる、

——キツツキの戦法

を用いることを決めた。

しかし、謙信もさすがに鋭敏である。海津城から立ちのぼる炊飯の煙の多さを見て、武田方の動きを察知した。

「陣を引き払うぞッ！」

謙信の命令一下、上杉軍は闇にまぎれて妻女山を下り、千曲《ちくま》川の雨宮の渡を押しわたって、夜明けとともに八幡原に展開する信玄本陣を急襲した。

後年、比類なき勇猛さをもって天下に名をとどろかす親憲だが、このときはまだ初陣の身。背筋を悪寒が駆け抜け、わけもなく馬の手綱を握る手が震えた。

その親憲を、まっしぐらに戦場に向かわせたのは、

「何をしている、弥七ッ！　わが上杉軍には毘沙門天《びしゃもんてん》の守りあり。臆《おく》する者は、天に代わってわしが斬《き》るぞ」

背後から響いてきた、鬼神《きじん》のごとき主君謙信の叱咤《しった》の声だった。

それからは無我夢中だった。

親憲は目の前の敵よりも、謙信の怒りを恐れ、大長刀を振りまわして手当たり次第に武田の兵を薙《な》ぎ倒した。

気がつくと、すぐそこに、

——風林火山《ふうりんかざん》

の旗があり、武田菱《たけだびし》の紋の入った幔幕《まんまく》を背にして、床几《しょうぎ》にすわっている武将の姿が見えた。

「すわ、信玄かやッ！」

親憲は雄叫《おたけ》びを上げ、目を血走らせて武田信玄の本陣へ斬り込んでいた。

二

（あれから、はや三十七年が経《た》つか……）

紫糸縅の当世具足をまとった水原親憲は、ふっと溜《た》め息をついた。

川中島の初陣から、ずっと親憲を守りつづけた具足である。

目にもあざやかだった紫色の縅糸はすっかり色あせ、いまではすすけたような灰色になっている。あちらこちら、刀、槍《やり》を受けて綻《ほころ》びたのを、これぱかりは人まかせにせず、おのが手で繕ってきた。
十六歳の若武者は、戦場を駆けめぐるうちに、髪に白いものが目立つ五十三歳の首の太い壮年の武者になっていた。
変わっていないのは、
(このほくろだけじゃな……)
親憲は浅黒く陽灼《ひや》けした顔をつるりと撫《な》でた。
心の底から敬愛し、同時に畏怖《いふ》した上杉家先代の不識庵《ふしきあん》謙信も、世を去って久しい。
親憲は、謙信の跡を継いだ現当主の景勝をささえて、
御館《おたて》の乱
新発田重家《しばたしげいえ》攻め
佐渡攻め
を戦い、上杉家が豊臣政権に従うようになってからは、
小田原北条攻め
朝鮮の役
にも従軍して幾多の手柄を挙げた。
(やくたいもなし……)

戦いに明け暮れているうちに、長年連れ添った古女房は死に、一人娘も上杉家中の下条家へ嫁いで、気がつけば身軽な独り身にもどっている。

「戦場《いくさば》で死ねば、それで本望よ」

親憲は口に出し、みちのくの底冷たさを含んだ風に向かってつぶやいてみた。

慶長《けいちょう》三年（一五九八）、春――。

水原親憲は、奥州信夫《しのぶ》郡の福島城にいる。

先年、主君上杉景勝が越後から会津若松《あいづわかまつ》へ移封になったのにともない、親憲もまた水原の地を去り、福島城に城番として入っていた。

福島城は、仙道の守りのかなめである。

阿武隈《あぶくま》川の北岸に築かれたこの城は、かつて杉目《すぎのめ》城と呼ばれ、伊達《だて》氏の支配下にあった。豊臣秀吉の奥州仕置後は、蒲生氏郷《がもううじさと》が領有するところとなり、次いで木村吉清《よしきよ》が入って、名を福島城とあらためた。

短いあいだに所有者がめまぐるしく代わっているが、福島城周辺の信達《しんたつ》平野は、旧領主である伊達氏の影響が色濃く残っており、上杉家入封後も領内支配が難航することが予想された。

「福島城をまかせられるのは、水原どのしかおらぬ」

そう言って、親憲に上杉家の命脈を左右しかねない大事な役目を託したのは、執政の直江兼続だった。

五十三歳の親憲から見れば、三十九歳になったばかりの兼続は、年の離れた弟のように若い。この上杉家の若き執政は、二十代前半から、内政、外交、軍事と、多方面にわたって舵取《かじとり》に辣腕《らつわん》を振るい、主君景勝を会津百二十万石の大封のぬしにまで押し上げた。

「岩出山《いわでやま》の伊達政宗《まさむね》の動きがあやしい」

兼続は言った。

「いま、上方の太閤《たいこう》殿下は御病《おんやまい》の床にある。その隙《すき》を衝《つ》き、政宗がわが上杉領の北辺を侵すという噂《うわさ》がある。諜者《ちょうじゃ》の知らせでは、政宗めは豊臣の天下に異心を抱く関東の徳川内府《だいふ》(家康)と、内々に気脈を通じておるという。天下の安定をはかるためにも、伊達に好き勝手をさせてはならぬ」

「うるさく寄ってくる羽虫を追い払えばよいのでござりますな」

親憲は、無精髭《ぶしょうひげ》を生やした長い顎《あご》を撫《な》でながら言った。

その飄々《ひょうひょう》とした表情に、

「そういうことだ」

と、兼続も苦笑するしかない。

「ただし、この羽虫はなかなかのしたたか者。くれぐれも用心してくれ」

この直江兼続の心配は、日を経ずして現実のものとなった。

奥州岩出山城主の伊達政宗が、つながりの深い在地の地侍《じざむらい》や庄屋を扇動し、一揆《いっき》を起こさせたのである。

伊達の息がかかった一揆衆は福島城下へ迫り、町家へ火をつけてまわった。

物見櫓《やぐら》から一揆衆の跳梁《ちょうりょう》を見下ろした親憲は、やおら愛用の大長刀をつかむと、

「羽虫が来おったか」

と、口元に不敵な笑いを浮かべ、同僚の小島豊後守《ぶんごのかみ》、蓬田寒松斎《よもぎだかんしょうさい》らとともに城外へ出撃した。

鴾毛《つきげ》の馬にうちまたがった水原親憲の奮戦はすさまじかった。

謡曲の『松風』を念仏のように低く口ずさみつつ、馬上で舞でも舞うがごとく、群がる一揆衆のあいだを、白刃をひらめかせて駆け抜けていった。

戦うこと数刻――。

みちのくの野に夜のとばりが落ちはじめるころ、親憲らは一揆衆を一人残らず退散させた。

「さすがは親憲じゃ」

一報を聞いた主君景勝は、めずらしく硬い表情をゆるめ、水原親憲の武勲を称賛した。

この功により、親憲は猪苗代《いなわしろ》城主に封じられ、屈強をもって鳴る猪苗代衆をその配下に加えるようになった。

三

太閤秀吉の死後、徳川家康が天下簒奪《さんだつ》の野心をあらわにしたとき、上杉家はこれと対決する姿勢を鮮明にしめした。

亡き秀吉には、恩義がある。

その恩義に報いるのは、

「いまをおいて、ほかになし」

と、上杉景勝と直江兼続の主従は、徳川家康に一戦を挑む肚《はら》をかためた。

会津若松郊外の神指原《こうざしはら》に新城を築きはじめた上杉家に対し、家康は会津討伐の陣触れを発した。

ときに、慶長五年（一六〇〇）六月のことである。

家康に従う東征軍は、十二万。

これを迎え討つ上杉軍は、新規に雇い入れた傭兵《ようへい》をあわせて五万の軍勢と六万の農兵だった。

知謀の執政直江兼続は、白河の革籠原《かわごはら》に東征軍を引き入れ、一気に殲滅《せんめつ》する秘策を立てた。

「腕が鳴るのう」

上杉軍の組外《くみほか》御扶持方に属する前田慶次郎が、いつもと変わらぬ紫糸縅の甲冑《かっちゅう》を着込んだ水原親憲に声をかけてきた。

「おうさ、一世一代の大舞台よ。このいくさ、天におわす不識庵さまにご覧に入れたいものじゃ」

親憲は愛用の大長刀を撫でた。

「不識庵さまか」

慶次郎が太く息をつき、

「残念ながら、わしは一度もお目にかかったことがないが、まこと軍神刀八《とばつ》毘沙門天の生まれ変わりのような、猛々《たけだけ》しいお方であったか」

「平素はむしろ、学者のように物静かなお方であった」

「ほう……」

「お顔も頬《ほお》が豊かで、色白く、柔和にして、めったなことでは声を荒らげることがなかった」

ふと懐かしむように、親憲は目を細めた。

「それが、ひとたび戦場に出るや、これが同じお方かと思うほど、人変わりした。臆する者は、天に代わってわしが斬る——川中島のいくさのときの、不識庵さまの雄叫びがいまも耳の底にこびりついておる」

「恐ろしかったか」

「おお、この世にあれほど恐ろしいお方はおられなんだ。戦場で刀八毘沙門天のごとく采配《さいはい》を振るうお姿にくらべれば、徳川の軍勢など泥亀《どろがめ》の行列のようなものよ」

「泥亀の行列とはよいのう」

前田慶次郎が喉《のど》をそらせて大笑いした。

手ぐすね引いて敵の到着を待ち構えた親憲らであったが、東征軍はついに、革籠原《かわごはら》にあらわれなかった。

石田三成が上方で挙兵したため、その報を聞いた家康が、下野小山《しもつけおやま》から軍勢を西へ取って返したのである。

このとき、上杉家では議論が真っ二つに分かれた。

上杉軍に背を向けて去っていく家康を、

「追撃して殲滅《せんめつ》すべきだ」

という主戦論と、

「いや、徳川の罠《わな》かもしれぬ。ここは、行動を自重して、しばらくようすを見るべきであろう」

という慎重論である。

このうち、前田慶次郎は主戦論者の急先鋒《きゅうせんぽう》であった。

「いま戦わずして、いつ戦う。この機を逃せば、永遠に勝利はやって来ぬぞッ！」

慶次郎は直江兼続のもとへ押しかけ、直談判《じかだんぱん》におよんだ。

兼続も、慶次郎と同様、主戦論に心が傾いていた。

しかし、主君上杉景勝が下した決定は、

「追撃はならぬ」

というものであった。

景勝の考えは、こうである。地の利のある白河であればこそ、上杉家の勝機はあった。徳川の大軍を追撃すれば、北から伊達政宗が必ず背後をついてくる。撤退する敵に無理をして仕掛け、運よく勝利をおさめたとしても、卑怯《ひきょう》者のそしりはまぬかれないであろう——。

景勝のひとことで、上杉家の方針は決定した。

やりきれぬ思いを抱えた慶次郎は、

「おぬしはどう思う、水原の。景勝さまのお考えはわからぬでもないが、やはりここは、乾坤一擲《けんこんいってき》の大博打《ばくち》にうって出るべきではなかったか」

水原親憲を相手に悲憤慷慨《こうがい》した。

これに対し、

「わしには、何の考えもないわさ」

親憲は、慶次郎が拍子抜けするほど淡々とした口調で言った。

「何……」

「わしはただの武者《もののふ》よ。ご主君がゆけとお命じになれば、地獄へでも、どこへでもゆく。景勝さまが追撃はならぬと申されるなら、従容《しょうよう》としてそのお言葉を受け入れるのみ」

「それが、まことの武者か」

「軍略もまつりごとも、それがしには一切かかわりなし。戦場でどれほど美しく、おのれを飾ることができるか。頭にあるのはそれだけだ」

「おぬしらしい言いぶりじゃな」

慶次郎が笑った。

「いくさはまだ、おわったわけではない。われらの功名の場は、ほかにいくらでもござろうぞ」

親憲は巌《いわお》のように揺るぎのない口調で言った。

四

その後――。

いくさ備えをしたまま無傷で東国に残された上杉軍は、矛先を北に転じ、徳川に与《くみ》する山形城の最上義光《もがみよしあき》を攻めることになった。

最上攻めの総大将は、執政の直江兼続である。

撤退する家康軍への追撃がかなわぬ以上、兼続としては、

（西で石田三成が決戦をおこなっているあいだに、北方へ軍勢をすすめ、領地をできるだけ切り取っておく……）

方針を切りかえて、新たな戦いに意欲を奮い立たせた。

九月九日、兼続ひきいる二万の上杉軍が、出羽《でわ》米沢城を出陣した。

水原親憲は、主君景勝に強く願い出て、この軍勢に軍目付《いくさめつけ》として加わった。

慶次郎には、追撃に未練はないように言ったが、やはり、紫糸縅の甲冑をまとった身のうちには戦いへの執念が燃え残っていた。

最上領へ入った上杉軍は、破竹の勢いで進撃した。最上方の支城三十余を次々と陥落させ、山形城の南西一里半に位置する長谷堂《はせどう》城にまで迫った。長谷堂城は、山形城の最終防衛線である。ここを落とせば、最上義光のいる山形城は裸同然になる。

城を守るのは、最上重臣の志村光安《あきやす》以下五千の兵。

二万の上杉軍に城を包囲された志村光安は、すぐさま、山形城の最上義光に救援をもとめた。義光はこれに応じ、家臣の鮭延秀綱《さけのぶひでつな》ひきいる軍勢を派遣して、上杉方の間隙《かんげき》をぬって長谷堂城入りさせた。同じころ、上杉方は、出羽庄内《しょうない》から志駄義秀《しだよしひで》が最上川沿いに攻め上がり、谷地《やち》城、寒河江《さがえ》城を攻め落として山形城の間近まで迫っている。

南北からの上杉軍の攻勢に震え上がった最上義光は、同じ徳川方に属する伊達政宗に加勢を依頼。

政宗が三千の手勢を差し向けて、直江兼続の上杉勢を側面から牽制《けんせい》したため、長谷堂城をめぐる攻防は、膠着《こうちゃく》状態におちいることになった。

「秋も深まっておるというのに、妙に蒸し暑いのう」

長谷堂城の北、戸上山《とがみやま》のふもとに陣する親憲をたずねてきた前田慶次郎が、ヤブ蚊を手で追い払いながら言った。

冬のおとずれの早い出羽国で、この時期に蚊が湧《わ》くのはめずらしい。

「昨夜、わしは夢を見た」

顔のほくろにたかる真っ黒なヤブ蚊をぴしゃりとたたき、親憲は言った。

「夢じゃと？」

「うむ」

親憲はうなずき、

「不識庵さまの夢じゃ。川中島のいくさのときのように、鬼の形相でわしをはたと睨《にら》み、こう申された。臆《おく》してはならぬ、いまこそ直江山城守《やましろのかみ》を助け、上杉の武者のまことの意地を見せよとな」

「不思議な夢じゃな。いまのところ、いくさは動く気配もなかろうぞ」

「いや、あれは正夢だ。不識庵さまのお声が、いまもこの耳の底に残っている」

「どうかのう」

慶次郎が妙な顔で首をかしげた。

衝撃的な一報が、長谷堂城攻めの上杉陣に飛び込んできたのは、まさにその夜のことである。

「去る九月十五日の早朝、美濃国《みののくに》関ヶ原において、東西両軍決戦。同日夕刻までに、西軍大敗とのよしッ！」

知らせは、西上した徳川家康の東軍が、石田三成ひきいる西軍を、わずか一日で撃破したというものであった。

決戦のおこなわれた美濃から出羽までは遠い。どれほど早馬を飛ばしても、情報が届くのに時がかかる。

上杉軍が果敢に最上領を攻め上がっていたとき、西ではすでに戦いの決着がついていたことになる。

長谷堂城攻めの陣中に動揺が走った。

西軍敗戦の事実が最上方に伝われば、直江兼続ひきいる上杉軍は、敵地の真っただなかに取り残されたまま、最上、伊達両軍の攻勢にさらされることになる。

会津若松城の上杉景勝からは、

「即時撤退せよ」

と、命令が届いていた。

生きるか死ぬかの苛烈《かれつ》な撤退戦が予想された。

このとき、殿《しんがり》をかって出たのは、総大将の直江兼続であった。

ただでさえ厳しい撤退戦で、命を捨てることも覚悟せねばならない殿を大将自身がつとめるとは、きわめて異例の事態であった。

それだけ兼続が、幻におわった白河の迎撃戦から、この長谷堂城攻めにいたる一連の戦いに、強い責任を感じていたことのあらわれであろう。

――愛の前立兜をかぶった兼続の顔には、すでに死相とさえいっていい、凄絶《せいぜつ》な悲壮感がただよっていた。

「旦那《だんな》」

と、水原親憲は兼続に声をかけた。

「昨夜、不識庵さまの夢を見たわ。不識庵さまはわしに、直江山城守を助けよと申された」

「それゆえ、旦那の掩護《えんご》はこの水原親憲がつとめる。鬼よりも怖い不識庵さまにそむくわけにはいかぬでな」

「不識庵さまが……」

目尻《めじり》の皺《しわ》を深くし、親憲はニヤリと笑った。親憲は配下の猪苗代衆のほか、軍目付を仰せつかったさいに、主君景勝から五十人の鉄砲隊をあずけられている。

その鉄砲隊をひきいて、親憲は戸上山へ登った。

山の裾野《すその》を巻くように、狐越《きつねご》えの道がのびている。狐越えは、米沢にいたる上杉軍の撤退路であった。

ほどなく、東軍勝利の報は、最上、伊達軍にも伝わった。

「直江めを生かして帰さぬぞッ！」

最上義光は鋳物の指揮棒を振りかざし、山形城から打って出た。

ようす見をしていた伊達軍も、ここぞとばかり追撃にかかる。

世に、撤退戦ほど難しいものはない。

一兵も逃さじと、嵩《かさ》にかかって追いすがる最上、伊達軍の猛攻に、上杉軍は大苦戦を余儀なくされた。

戸上山からは、その両軍の動きが手に取るように一望できた。

「旦那は懸《かか》り引きを用いておるか」

親憲はつぶやいた。

殿の直江兼続は、直属の与板組三百騎を一団となし、敵が迫ると思えば踏みとどまって攻め、その勢いに敵の追撃が鈍るかと思えば、隙を見て退却している。

攻撃と防御を変幻自在に使い分ける、不識庵謙信直伝の、

——懸り引き
の戦法である。

直江勢は、この懸り引きを使って追撃を必死にしのいだが、最上勢と伊達勢が合流するにおよび、しだいに味方の兵たちにも疲れが見えはじめた。

そのとき、河原毛《かわらげ》の馬に乗って、戦場にまっしぐらに突っ込んでいった大男がいる。朱の十文字槍《やり》をかかえた、前田慶次郎であった。山上から見下ろす親憲の目に、谷あいの一本道に仁王立ちになって槍を振りまわす慶次郎の姿が、一幅の絵のようにあざやかに見えた。

慶次郎につづき、主君景勝から名誉の朱槍をゆるされた水野藤兵衛《とうべえ》、韮塚《にらつか》理右衛門《りえもん》、宇佐美弥五左衛門《やござえもん》、藤田森右衛門《もりえもん》が、我も我もと先を争うように戦場にあらわれ、最上勢の前に立ちはだかった。

「そろそろ、わしの出番か」

親憲は、手にした篠竹《しのだけ》を高々と天へ向かって突き上げた。

次の瞬間、それを振り下ろすや、

「いまだ、撃てーッ！」

左右に居並ぶ鉄砲隊に向かって命を発した。

轟音《ごうおん》が地をとどろかせた。

澄んだ秋空に煙が立ちのぼり、鼻をつく焔硝《えんしょう》の臭《にお》いが立ち籠《こ》める。

先頭を走っていた最上の兵たちが、ばらばらと倒れた。

「それッ！　撃てや、撃てーッ！」

親憲の命令一下、水原鉄砲隊は火薬と弾《たま》を詰め替えながら銃撃を繰り返した。

親憲自身も二匁《もんめ》玉筒の大鉄砲を抱え、敵に向かって果敢に弾を放った。

放たれた銃弾のうちの一発が、敵将最上義光の兜に命中した。貫通こそまぬかれたものの、最上家伝来の金覆輪筋兜《きんぷくりんすじかぶと》の篠垂《しのだれ》が欠け、なまなましい弾痕《だんこん》が残った。

「水原か……」

死を覚悟していた直江兼続は、味方を大音声《だいおんじょう》で叱咤する水原親憲の姿に、在《あ》りし日の先代謙信を見る思いがした。

前田慶次郎らの奮戦や、水原鉄砲隊の掩護《えんご》射撃により、直江兼続は狐越えの道を通って、無事、米沢への生還を果たした。

五

戦いはおわった。

関ヶ原合戦後の戦後処理で、上杉家は会津百二十万石から、米沢三十万石に減封された。家臣たちはそれぞれ、石高を大幅に削られ、上杉家の者たちにとっては辛《つら》い時代がやってきた。水原親憲もまた、一万石から三千三百三十余石に知行が減った。

親憲のような譜代《ふだい》の者は、石高が減ってもほとんどが残ったが、合戦にそなえて雇われた客将待遇の組外の者たちは、次々と上杉家を去っていった。

だが、なかには前田慶次郎のように、五百石という小禄《しょうろく》でも、みずから願って上杉家に残った者もいる。

慶次郎は米沢郊外の堂森《どうもり》の地に無苦庵《むくあん》なる草庵を結び、忽之斎《ひょっとさい》と号して人に気がねのない悠々《ゆうゆう》自適の暮らしを送った。

その無苦庵に、数寄《すき》仲間の水原親憲はしばしば足を運んだ。

「なぜ残った、忽之斎」

「おぬしのそのおもしろき面《つら》が拝めぬようになったら、何やら酒の味も不味《まず》うなるでな」

「言うものよ」

「呑《の》むか」

「そのつもりで、肴《さかな》に笹《ささ》ずしを持参してきた」

親憲は慶次郎に竹皮の包みを渡し、無苦庵の囲炉裏端《いろりばた》にあぐらをかいた。

慣れた手つきで珠洲《すず》焼の徳利《とっくり》と酒杯を用意しながら、

「そう申せば、おぬしこのごろ、若いおなごをそばに置くようになったそうだな」

慶次郎が酸《す》いような顔をして言った。

「お楽《らく》のことか」

親憲は悪びれたようすもない。

「米沢城下の餅屋《もちや》の娘でな。わしに惚《ほ》れたと言って、勝手に屋敷へ押しかけてきた」

「すみに置けぬわ」

「しかし、これが手におえぬほど気が強い。わしの死んだ母親も、おはぐろに火葬の灰を使うほどの気性の強い女だったが、それといい勝負じゃ」

「女に惚れられるということは、おぬしまだまだ、枯れておらぬということだ」

「どうかな」

親憲は笹ずしをつまみ、なみなみと酒の注がれた杯をあおった。

「忽之斎は他家へ仕官する気はないのか。おぬしほどの男なら、引く手あまたであろう。前田家へもどれば、万石を下されるのではないか」

「ばかを言え。あのような、徳川の脅しに屈して赤っ恥をさらした家。たとえ頭を下げて来たとて、こちらから屁《へ》でもくらわせてやるわ」

「それはよい」

親憲は笑った。

「おぬしこそ、他家から内々に誘いがかかっていると聞いた。直江どのの奔走《ほんそう》で、かろうじて取り潰《つぶ》しはまぬかれたものの、徳川にさからった上杉家はいつ改易《かいえき》の憂き目に遭うかしれぬ。ならば、水原ほどの勇士、ぜひともわが家に迎えたいとな」

「まるで聞いてきたようなことを言う」

「噂《うわさ》よ、噂。この無苦庵には、さまざまな奴《やつ》がやって来るでな」

慶次郎は無精髭《ぶしょうひげ》を生やした顎《あご》の脇を掻《か》いたが、ふと真顔になった。

「じつのところ、どうなのだ。わしはおのれが好きで上杉に残ったが、おぬしは若い女を連れて新天地でやり直すという道もある」

「誘いの話、ないわけではない」

「やはり……」

「西国のさる藩から、一万石、いや二万石出してもよいという話も来ている」

「行くのか」

慶次郎が杯に視線を落とした。

天下を悠々とわたってきたこの男の大きな肩にも、さすがに老いの孤独な翳《かげ》が滲《にじ》んでいる。

「行くと思うか」

親憲は聞いた。

「人のことは知らん」

「冷たいのう」

「引き留めても、行きたい奴は行く。川の流れのようなものよ」

「わけのわからんことを」

親憲は笑い、

「わしには上杉家への御恩がある。一生かかっても、返しきれぬほどの恩だ。命あるかぎり、わしはこの身をもって、その恩に報いていかねばならぬ」

「家臣としての恩か」

「いや……。わしはかつて、不識庵さまに命を救われたことがある」

「はじめて聞く話だ」

慶次郎が、興ありげに目を上げた。

「おぬしに話したことがなかったか」

「ああ」

「古い話じゃからな。上杉家中でも、知っておるのは古手の家臣だけかもしれぬ」

「聞かせてくれい」

「あれは……。川中島のいくさのときであった」

低くつぶやく親憲の耳に、入り乱れる兵たちの雄叫び、軍馬の蹄《ひづめ》の音が、つい昨日のことのように生々しくよみがえってきた。

十六歳で初陣を飾った永禄四年の川中島合戦のとき——。

新調の紫糸縅《いとおどし》の当世具足を誇らしく着込んだ親憲は、行く手に風林火山の旗を見つけ、深い考えもなしに、単身、敵将武田信玄の本陣へ斬《き》り込んでいった。

しかし、信玄の身辺は、屈強な武田の旗本衆でかためられている。

親憲はたちまち敵にかこまれ、孤立無援の状態におちいった。

（はやりすぎたか……）

唇を嚙《か》んだが、すでに手遅れであった。

目の前に敵の白刃が迫ってくる。逃げる隙《すき》はなかった。

（おれは死ぬのか）

背筋が凍りついた。膝《ひざ》の下から、いままで経験したことのない恐怖が這《は》い上がり、体が硬直して石のように動かなくなった。

（南無三《なむさん》……）

と、親憲が思わず目をつぶろうとしたときである。

かなたから阿修羅《あしゅら》のように突っ込んでくる、一騎の武者があった。茫然《ぼうぜん》としている親憲の眼前で、武者は武田の旗本衆を蹴散《けち》らし、さらに敵将信玄に迫りつつ、

「何をしておる、弥七。そちの大長刀《おおなぎなた》は飾りものかッ！」

雷声を発して親憲を叱咤した。

その声に背中を押され、親憲は無我夢中で大長刀を振りまわした。

すんでのところで親憲を救った男こそ、主君の謙信であった。謙信のあとを追ってきた上杉の旗本隊が、武田本陣へなだれ込み、あたりは土埃《つちぼこり》と噎《む》せるほどの血の臭《にお》い

につつまれた。

信玄の弟典厩信繁《てんきゅうのぶしげ》が、謙信の斬り込みを防がんとして討ち死に。武田の軍師山本勘《やまもとかん》助《すけ》も、信玄を逃すため、みずから突撃して壮烈な死を遂げた。

やがて、妻女山を襲った武田の別働隊が、戦場へ来着するにおよび、戦況は武田方有利にかたむき、謙信は軍勢をまとめて越後へ引き揚げた。

「そのようなことがあったか」

話を聞いた前田慶次郎が、しみじみとつぶやいた。

「春日山城へご帰還なされた不識庵さまは、武勲を挙げた者どもに、酒を振る舞われた。朱杯の酒をたまわるのは、不識庵さまにお仕えする武者が、もっとも名誉としたことじゃ。むろん、わしなどは、不識庵さまの足手まといになっただけ。御前酒《ごぜんしゅ》が頂《ちょう》戴《だい》できるなどとは思うてもおらなんだ。ところが、広間の片隅で身を小さくしていたわしを、不識庵さまは手招きされた」

親憲はそのときの情景を脳裡《のうり》に思い描くように、目を細めて人をさし招く身振りをした。

「弥七、これへ来よ。酒をつかわす。不識庵さまは、さよう仰せになられた」

「ふむ……」

「わしは膝頭が震えた。なにせ、その日御前酒をたまわったのは、直江大和守景綱《やまとのかみかげつな》どの、柿崎景家《かきざきかげいえ》どの、鬼小島弥太郎《きこじまやたろう》どのら、上杉家きっての剛の者ばかりであったでな。目も眩《くら》むような思いで御前へすすみ出たわしに、不識庵さまはおん手ずから朱杯を下された。そして、おん口もとに微笑を浮かべつつ、こう申された。そなた初陣にもかかわらず、よくぞ命惜しみをせずに働いた。行くすえ楽しみな、よき武者ばらになろうぞ、とな……」

親憲の目には、大粒の涙があふれていた。その涙が、真っ黒なほくろが散らばる頬《ほお》を濡《ぬ》らし、顎をつたって手にした杯にしたたり落ちた。

「わしはのう、忽之斎。そのとき、上杉家のために死ぬと決めた。それがわしにできる不識庵さまへの、ただひとつの御恩返しじゃでな」

「よい話を聞かせてもらった」

慶次郎が、ほうっと太く溜《た》め息をついた。

「わしは当代の景勝さま、直江どのに惚れてここへ来たが、上杉家がなにゆえ、他家にはないぬくもりを持っているのか、そのわけがようやくわかった。不識庵さまの厚い情けが、いまも生きつづけておるのじゃな」

「とんだ長話をした」

親憲は杯を置いた。

「そろそろ戻らねば、お楽の奴がうるさい」

「鬼をもひしぐ水原親憲が、何を肝の小さいことを言う。それこそ、不識庵さまのお叱《しか》りを受けるぞ」

「ちがいない」

二人の老武者は、喉をそらせて高らかに笑いあった。

六

慶長十七年、前田慶次郎が世を去った。

本人の遺言で葬儀もおこなわず、娘の佐乃《さの》と山田新九郎《しんくろう》夫婦や、水原親憲ら風流仲間数人が無苦庵に集まって、思い出話に花を咲かせながら供養《くよう》の酒を酌み交わした。

世の中もめまぐるしく移り変わっている。江戸に幕府をひらいた徳川家康《いえやす》は、慶長十年に将軍職を息子秀忠《ひでただ》にゆずり、天下人の地位を世襲化して政権を盤石のものとしていた。駿府《すんぷ》に身を引き、大御所《おおごしょ》として天下に睨《にら》みをきかせる家康であったが、ただひとつだけ気がかりがあった。

大坂の豊臣秀頼《ひでより》の存在である。

秀吉が死んだとき、わずか六歳の幼児であった秀頼は、堂々たる若者に成長。関ヶ原合戦後の戦後処理で、摂津《せっつ》、河内《かわち》、和泉《いずみ》三ヶ国六十五万七千石の一大名に転落したものの、上方には太閤秀吉の華やかな時代を懐かしむ者が少なくなく、西国大名のなかには大坂城の秀頼、淀《よど》殿母子とよしみを通じる者もいた。

――このままでは、徳川幕府の行くすえに禍根《かこん》を残す。

と考えた家康は、豊臣家を滅ぼす意思をかためた。

大坂城攻めに向けた動きが具体的にはじまったのは、方広寺《ほうこうじ》の鐘銘《しょうめい》事件からである。

京の方広寺は豊臣家の菩提寺《ぼだいじ》である。

慶長の大地震で大仏殿をはじめとする諸堂が倒壊したため、秀頼は多額の喜捨をして、寺の再建をおこなった。

その方広寺の鐘に刻まれた、

「国家安康」

の文字が、「家」と「康」二つに裂き、大御所家康を呪詛《じゅそ》するものだと、徳川幕府は豊臣方に言いがかりをつけた。

おどろいた豊臣家は、家老の片桐且元《かたぎりかつもと》を申しひらきのために駿府へ派遣。しかし、

家康は且元に対面すらゆるさず、どうしても身の証《あか》しを立てたいというなら、
一、豊臣秀頼が大坂城を明け渡して他国へ立ち退くこと。
一、秀頼の母淀殿を人質として江戸へ遣わすこと。
一、秀頼みずから江戸へ下り、将軍に和を請うこと。
などの、豊臣方にはとても承服しがたい条件をしめした。

交渉にあたった片桐且元は失脚。淀殿の乳母子《めのとご》大野治長《はるなが》らの主戦派が実権を握り、江戸と大坂のあいだでにわかに開戦の機運が高まった。

慶長十九年、十月一日――。

徳川家康は天下の諸大名に、大坂攻めの陣触れを発した。

藤堂高虎《たかとら》と井伊直孝《なおたか》を先鋒《せんぽう》とする総勢二十万の大軍が、雲霞《うんか》のごとく上方へ兵をすすめる。

上杉軍五千も米沢を発し、大坂攻めの軍勢に加わった。

――今般、大坂御進発につきて、公（景勝）御別心なき旨、両将軍（家康、秀忠）に対し盟誓したもう。

と、『上杉年譜』にはある。

大坂への出陣にあたり、上杉景勝は大御所家康と将軍秀忠に起請文《きしょうもん》を差し出し、あ

らためて幕府にそむかぬことを約束させられていた。関ヶ原合戦で挑戦状をたたきつけた上杉家に対し、家康はいまだに警戒心を抱きつづけていたのだ。

六十九歳になった水原親憲も、使い古した紫糸縅の甲冑を着込み、赤地半月の旗差《はたざし》物《もの》をつけ、鴾毛の愛馬にまたがり金鎌の馬標《うまじるし》を押し立てて軍勢に従っている。

親憲は、老いてなお意気軒昂《けんこう》。

「このたびは、米沢で留守居をしてもよいのだぞ」

という直江兼続の言葉を、

「何を申される。この水原おらずして、何の上杉軍ぞ。不識庵さま以来の古式ゆかしい戦陣の作法を、川中島のいくさを知らぬ若い者どもに見せてやらねばのう」

と、笑い飛ばした。

このころ、上杉軍は直江兼続の軍制改革により、将士一人につき二挺《ちょう》ずつの鉄砲を装備する最新の部隊になっている。

親憲の言う、謙信以来の戦陣の作法はすでに過去のものとなっているが、兼続は全軍の手本となる老武者の心意気に敬意をはらった。

十一月初旬、上杉軍は上方に到着。

徳川方の攻撃がはじまったのは、十一月十九日のことである。

　豊臣方は、大坂城外に木津川口砦《きづかわぐちとりで》、伯労ヶ淵砦《はくろうがふち》、鴫野砦《しぎの》、今福砦《いまふく》など十余の砦を築き、守備にあたっていたが、このうち、大坂湾からの物資輸送の拠点にあたる木津川口砦に徳川方の蜂須賀《はちすか》勢が攻撃をかけ、緒戦に勝利した。

　次いで同月二十六日、大坂城の東、大和《やまと》川べりに位置する鴫野砦と今福砦で、両軍の激しい攻防が展開された。

　鴫野砦攻略を命じられたのは上杉軍である。上杉軍の先鋒は須田長義《ながよし》、二陣は安田能元《よしもと》、右翼は本庄充長《みつなが》、後陣を直江兼続とその子平八景明がつとめた。水原親憲は左翼の将をまかされた。

　出陣にあたり、親憲は鎧櫃《よろいびつ》の奥から紺地に金糸、銀糸の刺繍《ししゅう》が華麗にほどこされた法被《はっぴ》を取り出した。

「それは、何でございます」

　今回が初陣となる、親憲の若い近習が聞いた。

「不識庵さまよりたまわりし能装束よ。わが最後の晴れ舞台にこそふさわしい」

　親憲はそれを、古びた甲冑の上にふわりと羽織った。

　上杉軍は、暁闇《ぎょうあん》のうちに川堤の上をすすみ、四重の柵を突破して鴫野砦をまたたくまに陥落させた。

このとき同時に対岸の川堤の上をすすんだ佐竹義宣《さたけよしのぶ》の軍勢も、今福砦を攻略している。だが、戦闘はそれではおわらなかった。大坂方が両砦を奪還すべく、城中から一万余の大軍を繰り出してきたのである。

鳴野砦の上杉勢は、大坂方と真正面からぶつかった。数でまさる敵に圧倒され、先鋒の須田隊が崩れたのにつづき、二陣の安田隊も破られた。

「引くな——ッ！」

馬上で法被をはためかせつつ、親憲は声を嗄《か》らして兵たちを叱咤した。

親憲の命令一下、水原勢の鉄砲隊は百五十挺の大鉄砲の筒先を並べ、堤の上を突撃してくる大坂方の先鋒に集中砲火を浴びせた。

大坂方の出足が止まった。

そこへ後陣の直江隊が、横合いから攻撃を仕かけた。

激戦のすえ、上杉軍は鳴野砦を死守。敵を敗走せしめた。味方の死者三百という苛《か》酷《こく》な戦いであった。

住吉の本陣で戦いのようすを聞いた徳川家康は、

「ご苦労であった。このうえは軍勢を引き、堀尾忠晴《ただはる》隊に砦をゆずって、ゆるりと休息をとるように」

と、上杉陣に使者をつかわした。

しかし、景勝はじめ上杉勢の者どもは、

「多大な犠牲を払って、ようやく奪った砦。いまさら他人にゆずり渡せようか」

として、鴫野砦を動こうとしなかった。

ちょうどそこへ飛び込んできたのが、今福砦で後藤又兵衛《またべえ》勢、木村重成《しげなり》勢を相手に苦戦をしいられていた佐竹義宣《よしのぶ》からの援軍要請である。

上杉の兵たちは傷つき、疲労困憊《こんぱい》していたが、

「救いを請う者のために立ち上がるのは、不識庵さま以来の上杉家の古風ぞ。いざ、今福砦へ駆けつけんッ！」

古参の水原親憲に叱咤され、気力を奮い立たせてふたたび戦場へ討って出た。

親憲は華麗な金糸、銀糸の法被をなびかせ、全軍の先頭に立って大和川の浅瀬をザブザブと押し渡った。

川の中洲《なかす》にたどり着くや、水原配下の百五十挺の大鉄砲が、大坂方の後藤、木村勢めがけて火を噴いた。この猛攻に、たまらず後藤、木村勢は退却。

——今福砦にて佐竹が本陣危うかりしところに、景勝の将士水原常陸介《ひたちのすけ》（親憲）が横合いより鉄砲を撃ちかけ、佐竹勢を救助……。

と、『上杉年譜』はしるしている。

齢《よわい》七十に近い老将とは思えぬ親憲の采配《さいはい》は、敵味方の諸将も見惚《みと》れるほどの見事なものであった。

徳川家康も、

「謙信以来、弓矢のぬくもりを持った男よ」

と褒《ほ》めちぎり、後日、親憲に感状をあたえている。

それに対して親憲は、たいして得意げな顔もせず、

「それがしは北陸や関東、奥羽にて、生きるか死ぬかの合戦を数知れぬほど経験しておりまする。それにくらべれば、このたびのいくさなど、花見に来たようなものでござるよ」

と、磊落《らいらく》に笑ってみせた。


大坂の冬、夏の陣がおわり、戦乱の記憶が人々の脳裡から薄れはじめるころ――。

水原親憲は、第一線を退いて隠居した。

その後、たった一度だけ、人々の前に姿をあらわしたことがある。

元和《げんな》二年（一六一六）五月十三日、参勤交代で江戸へ出府していた主君景勝の帰国

にあたり、上杉家の諸士は米沢郊外の白旗《しらはた》松原に並んでこれを出迎えた。

親憲も、老骨に鞭《むち》打って出迎えの列に加わっていた。

ちょうど米沢は、初夏の爽《さわ》やかな季節で、軒をかすめてツバメが飛び、木々が新緑に萌《も》え立っていた。

このとき、若い侍が、

「水原どのは、かの川中島合戦のおり、単騎、武田の本陣へ斬り込んだと聞きおよんでおります。後学のため、そのときのようすをお見せいただきとう存じます」

と、親憲に懇願した。

最初は渋っていた親憲であったが、老いの名残と考えたのであろう、小者に持たせていた大長刀を手に取り、鴾毛の老馬にまたがった。

「見ておれッ！」

親憲は馬の尻《しり》を大長刀の柄でたたいた。

街道を疾駆しながら、左右の松の枝や、道端の草を斬り払い、さながら戦場で群れなす敵を薙ぎ倒すかのように大長刀を自在にあやつった。

その場に居合わせた者たちはみな、壮者のような親憲の雄々しさに嘆声を上げた。

やがて、景勝の駕籠《かご》が近づいてくると、親憲は馬を下り、大長刀を後ろに置いて諸士とともに白髪頭を垂れて平伏した。

その姿をみとめた景勝が、

「常陸介、無事で何よりであった」

と、わざわざ駕籠を止めて声をかけた。

無事で何よりとは、どういう意味なのであろうと、まわりの者たちがいぶかしんでいると、

「昨日、わが夢に不識庵さまがあらわれた。いままでは、いくさの世であったゆえ、常陸介を貸しておいたが、天下も泰平になったゆえ、今後はわが側へ呼び寄せ、酒の相手をさせようと仰せになられた。そのとき、夢が醒《さ》めたので、もしやと不吉な予感をおぼえていた。元気そうな姿を見て安堵《あんど》したぞ」

景勝の言葉に、親憲は顔を伏せたまま、返答をしない。

「水原どの」

気をきかせて親憲の肩を揺すった若侍が、

——あッ
と、声を上げた。

そのときすでに、水原親憲は黒いほくろが散らばる皺だらけの顔に、しずかな微笑

を浮かべて息絶えていた。

「誰か、医者をッ！」

男たちの騒ぐ声が、白旗松原に響きわたった。

あとがき

かぶき者とは何なのか——。

この連作集を書きながら、ずっとそのことを考えていた。

「傾《かぶ》く」という言葉を辞書で引くと、人目につくような常道をはずれたなりふりをする、あるいはいたずらをする、ふざけるという意味が出ている。

すなわち、かぶき者とは人と異なった行動をする者、奇矯に見えるほどの際立った個性を持つ者ということになろう。

上杉家にはどういうわけか、このかぶき者が多い。

その代表格は、何といっても前田慶次郎であろう。慶次郎というと、青春の化身のごときイメージがあるが、上杉家の客将となったとき、彼はすでに齢《よわい》六十を超える老人であった。

太閤秀吉の死後、天下簒奪の野心をあらわにした徳川家康に対し、真っ向から挑戦

状をたたきつけた上杉景勝、直江兼続《かねつぐ》主従に俠気《おとこぎ》を感じ、

「この家のため一肌脱いでやろう」

と、老骨に鞭打って皆朱《かいしゅ》の槍を振りまわす姿は、まさしくかぶき者の名にふさわしい。

天下分け目の関ヶ原合戦ののち、慶次郎は次のような言葉を残している。

「こたびの戦いで、諸大名の心の底がよくわかった。仕えるに足るのは、上杉のみだ」

言いたいことも言えず権力に迎合していく者が多いなかで、きっちりと筋を通し、信じる価値観のために戦った上杉家が、慶次郎の目には雨上がりの空のごとく爽やかに映ったのだろう。

日本社会では、空気が読めないということが何より嫌われる。たしかに、人の心を斟酌《しんしゃく》せず、場を台なしにするというのは困ったことではある。だが、空気を読んで、他人の意見に唯々諾々《いいだくだく》と従っているだけで果たしてよいのだろうか。

慶次郎をはじめとするかぶき者は、空気は読めてもそれに迎合しなかった人間たちだと私は思う。他人と異なる価値観を持ち、頑固なまでにそれをつらぬいた。むろん、世の中と相容れず、孤独のうちに非業の死を遂《と》げた者もあるが、彼らは彼らなりに筋

の通った生き方をした。
こうしたかぶき者たちを輩出したのは、下克上《げこくじょう》の戦国時代に、
――義
という、世の流れに逆らう思想をかかげた謙信の精神を受け継ぐ上杉家こそが、じつは真のかぶきの家であったからかもしれない。

火坂雅志

解説

末國善己
（文芸評論家）

二〇二五年は、二〇一五年二月二十六日に火坂雅志が享年五十八の若さで亡くなってから十年の節目となる。一九八八年に西行を歌人であり拳法家とした伝奇小説『花月秘拳行』でデビューした著者は、一九九〇年代後半から歴史小説へとシフトし、豊臣秀吉の筆頭侍医で参謀だった施薬院《やくいん》全宗《ぜんそう》を描いた『全宗』が第二十一回吉川英治文学新人賞の候補になり、上杉景勝を支えた直江兼続を主人公にした『天地人』は第十三回中山義秀文学賞を受賞し、二〇〇九年ＮＨＫ大河ドラマの原作に選ばれた。

『天地人』の単行本が刊行された二〇〇六年頃の日本は、個人所得が増え、個人消費も増加が続いていたため二〇〇二年から息の長い景気回復が続いたとして、戦後最長だった「いざなぎ景気」（一九六五年十一月～一九七〇年七月）を超えたとされていた。だがその実態は、非正規社員を増やすなどのコストカットで企業が業績を回復させたため、所得格差が広がり好景気の恩恵が全国民に行き渡らなかった。また極端な競争原理の導入と負けると再挑戦が難しい状況が、利益を生むためなら手段を選ぶ必要はないとの風潮を広め、食品の産地、消費期限の偽装、マンション、ホテルなどの構造計算書偽造などの不祥事も相次いでいた。

『天地人』の兼続は、主君の上杉謙信を名将と認めながら、武田信玄と何度も戦ううちに天下に号令する機会を失ったと考えていた。兼続の気持ちを知った謙信は、天下取りよりも、〝義〟を貫いて生きることの方が大事であると諭す。やがて謙信の真意を理解した兼続は、換金性の高い青苧《あおそ》の栽培を推奨したり、金山を開発したりして国を豊かにするが、それを家臣と領民のためだけに使った。関ヶ原の合戦前に徳川家康を激怒させた上杉家は出羽米沢に減移封されるが、家臣の雇用は守っている。

著者が、誰もが目先の〝利〟を追い求めた時代に、その対極にある〝義〟の武将・兼続を取り上げたのは、拝金主義に走るのをやめて欲しいというメッセージだったように思えてならない。その後も著者は、野心家とされてきた黒田官兵衛を領民を慈しむ武将とした『軍師の門』、したたかな戦略で戦国乱世を生き抜いた真田家を追った『真田三代』、敵には容赦ないが領民には誠実に接する善政を敷いた北条家の興亡を描く『北条五代』（著者の絶筆を伊東潤が書き継いで完結）など、弱肉強食の戦国時代にあって、それとは違う価値観を打ち立てた武将たちを取り上げ、亡くなるまで日本の現状に異議を申し立てる歴史小説を書き続けた。

義将・直江兼続の下に集まった常識に縛られないかぶき者たち七人を主人公にした本書『上杉かぶき衆』にも、著者が大切にした〝義〟の精神が縦横に描かれている。漫画やゲームでも人気の前田慶次郎を主人公にした「大ふへん者」は、兼続の家臣ながら武芸より経理が得意な文官・山田新九郎の視点で晩年の慶次郎を捉えている。

慶次郎の「かぶきぶり」が織田信長に似ていると言った新九郎に対し、慶次郎は「権力の亡者となり、罪なき女、子供、僧侶らを、老若男女の別なく殺戮」した信長は「まがいもの」に過ぎないと断じる。信長はいまだに改革者として人気が高いが、著者はブラック企業の経営者のようだとしている。作中の信長批判は、金を稼ぎ、権力を握るよりも尊い価値観があることを、改めて突き付けているのである。

「弟」は、眉目秀麗で文武両道に秀でた直江兼続の弟として生まれたため知名度が低い大国実頼《おおくにさねより》をクローズアップしている。幼い頃から兄の才覚に圧倒されていた実頼は、兼続に命じられるまま越後の名家小国《おぐに》家に養子へ入り、上杉家が秀吉に臣従した後は、上方で人質生活を送る。兄に勝てない劣等感、名家の婿になり妻に頭が上がらない実頼の苦労は、等身大だからこそ多くの読者が共感できるように思える。上方で人質になり小国家の重圧から解放された実頼は、連歌の才能を活かして上方の数寄者と交流し、そこで得た情報を兼続に送る諜報活動を始める。また優秀な兄の影に隠れている実頼を、自分の弟・秀長に重ねた秀吉にも愛されるようになる。豊臣贔屓になった実頼は、兼続と手を取り秀吉の遺命に叛いた家康に対抗する。仕事で失敗したり、判断を誤ったりした時、潔く辞めるべきか、恥辱にまみれても職にとどまるべきかは判断が難しい。関ヶ原の合戦に敗れた後の兼続と実頼の選択は、責任の取り方はどのようにあるべきかを問い掛けており考えさせられる。

実力次第で出世ができた戦国時代が終わり、家柄で将来が決まる秩序の時代を生きることになった江戸初期のかぶき者は、生まれるのが遅かったとの想いを「生き過ぎたりや」という言葉で表現した。若者の鬱屈やいらだちを意味する流行語をタイトルにした「生き過ぎたりや」は、上杉謙信の後継の座を上杉景勝と争った三郎景虎を描く青春小説色の濃い作品である。名将・北条氏康の子ながら妾腹の七男、家督を継いだ氏政を筆頭に優秀な兄も多く居場所がなかった景虎は、放蕩無頼の生活を送っていたが、人質として上杉家に行き謙信と出会い人生が一変する。夢も目標も持てなかった景虎が、謙信の継者になるため文武の鍛錬を始める展開は、現代社会が直面している最大の問題が、若者に将来の夢や希望が与えられない状況にあると教えてくれる。

「甲斐御料人」は、武田信玄の妾腹の娘で、家督を継いだ勝頼の命令で上杉景勝と結婚する菊姫を描いている。信長を牽制するため、菊姫を本願寺傘下の長島願証寺の左尭と結婚させることを決めた信玄だったが、婚約者は信長に殺された。そのため、二十一歳まで躑躅ヶ崎《つつじがさき》館で過ごした菊姫は、家督を継いだ兄の勝頼に、父の宿敵だった謙信の養子・景勝へ嫁ぐよう命じられる。名門・武田家の娘としての矜持、「そなたを守る」という景勝の言葉を信じながらも、非情な政略に翻弄される菊姫の姿は、乱世の厳しい現実をまざまざと見せつけてくれるだけに、哀しみも大きい。

「剣の漢」は、新陰流を生み出した上泉信綱《かみいずみのぶつな》を祖父に持ち、信綱から直々に剣を学んだ上泉主水《もんど》を主人公にしている。上杉討伐のため会津に向かっていた徳川軍は、上方で石田三成が挙兵したと知り反転する。兼続は徳川軍を追撃できたが、主君・景勝の反対で断念、すぐに目標を変え山形の最上義光《もがみよしあき》を攻める。当時は〝天下分け目〟と呼ばれるほどの大合戦は、勝敗が決するのに半年以上かかるのが常識で、景勝は最上を討って後顧の憂いを絶ち、徳川に対抗する足掛かりを盤石にしようとした。ところが、兼続の計画は家康があっさり勝利したことで挫折、上杉軍は敵国の真っ只中で孤立してしまう。ここから壮絶な撤退戦が始まるのだが、殿軍を志願した上泉主水が最前線で戦うクライマックスは、圧倒的なスペクタクルが満喫できるだろう。勝ち負けは時の運と割り切り結果を考えずひたすら「夢」を追いかける主水の生きざまは、計算ずくで動き小さくまとまりがちな現代人への問題提起になっているのである。

関ヶ原の合戦後、景勝と兼続は上洛して家康に謝罪、会津一二〇万石から出羽三〇万石への大幅な減移封となるが、上杉家の存続は許される。徳川家とのさらなる融和を進める兼続は、周囲の反対を押し切って嫡男を廃し、家康の重臣・本多正信の次男・政重《まさしげ》を娘の婿に迎える。「百戦百勝」は、幼い頃から隠密として暗躍したともいわれている政重の目を通して、上杉家を存続させるために兼続が密かに行った対徳川の凄まじい政治工作、外交戦略を浮かび上がらせており、外交が下手といわれる現代の日本に何が足りないのかにも気づかせてくれる。

「ぬくもり」は、信玄と謙信が激突した第四次川中島合戦で初陣を飾り、その後も上杉家を発展させるために全国を転戦、戦陣の作法を謙信から直々に教わった水原親憲《すいばらちかのり》の晩年を描いている。華々しい武功を挙げながら「軍略」にも「まつりごと」にも興味がなく「戦場でどれほど美しく、おのれを飾ることができるか」だけを胸に生きた親憲は、謙信伝来の戦陣の作法を頑固に守り、それを若い世代に伝えて感動を与えている。親憲の姿は、時代が変わっても普遍の価値観があると示しているのである。

著者が〝義〟の大切さを訴えた『天地人』が刊行されて二十年近くが経過した。大企業の業績は上がり、就職は売り手市場とされるが、近藤絢子『就職氷河期世代　データで読み解く所得・家族形成・格差』（中公新書、二〇二四年）には、バブル崩壊直後の就職難の時期に高校、大学を卒業した世代（一九九三年～二〇〇四年）の後も雇用が不安定で格差が解消していないとあり、日本の社会情勢は変化していないようだ。当時より少子高齢化が進み、可処分所得が増えない日本では、政府の無策を批判するよりも、努力しないから貧しいのだという自己責任論が幅を利かせている。このような時代だからこそ、『天地人』の姉妹編で、権力に媚びず、常識を疑い、私欲を求めず、公のために動くかぶき者たちを通して〝義〟を描いた本書が、新装版として刊行された意義は大きい。

本書は二〇一一年十月に刊行された『上杉かぶき衆』
（実業之日本社文庫）の新装版です。

文日実
庫本業 ひ32
社之

上杉《うえすぎ》かぶき衆《しゅう》　新装版《しんそうばん》

2025年2月15日　初版第1刷発行

著　者　火坂雅志《ひさかまさし》

発行者　岩野裕一
発行所　株式会社実業之日本社
〒107-0062　東京都港区南青山6-6-22 emergence 2
電話［編集］03(6809)0473［販売］03(6809)0495
ホームページ　https://www.j-n.co.jp/
ＤＴＰ　ラッシュ
印刷所　中央精版印刷株式会社
製本所　中央精版印刷株式会社

フォーマットデザイン　鈴木正道（Suzuki Design）

ISBN978-4-408-55934-6（第二文芸）